J. D. H. Temme

Die Mühle am schwarzen Moor

Erzählung

J. D. H. Temme

Die Mühle am schwarzen Moor
Erzählung

ISBN/EAN: 9783741125034

Hergestellt in Europa, USA, Kanada, Australien, Japan

Cover: Foto ©Andreas Hilbeck / pixelio.de

Manufactured and distributed by brebook publishing software
(www.brebook.com)

J. D. H. Temme

Die Mühle am schwarzen Moor

Die
Mühle am schwarzen Moor.

⋆⋄⋆

Erzählung

von

J. D. H. Temme.

Berlin, 1861.
G. Behrend (Falckenberg'sche Verlagsbuchhandlung.)

1

Der Müller und seine Knappen.

Draußen war ein furchtbares Wetter.

Der Nordwestwind strich scharf durch die Tannen, die oberhalb der Mühle standen, und trieb Regen und Schnee heulend gegen die Fenster in dem Wohnhause des Müllers.

Es war an einem der letzten Tage des Novembers. Der Abend war schon herangebrochen.

In der Mühle befanden sich nur noch wenige Mahlgäste, die sich auch beeilten, bald fortzukommen, sie hatten weite Wege bis zu Hause. Die Mühle lag einsam in öder Moorgegend und im Dunkel des Abends konnte man bei dem Unwetter doppelt leicht sich verirren, in Abgründe gerathen.

Der Müller trieb seine beiden Knappen an, er griff selbst mit zu, und obgleich er schon weißes Haar hatte, war er dennoch kräftig und rüstig.

Der Wind erhob sich stärker, er wurde Minuten-
weise zum Sturm und übertönte das Geklapper der
Räder in der Mühle.

Der alte Müller trat manchmal mit bedenklichem
Gesichte an das kleine Mühlenfenster und schaute in
den Sturm und in den dunkler werdenden Abend
hinein. Er sagte nichts, obgleich er wohl Vieles zu
sagen gehabt hätte.

Einer der Gäste — es war gleichfalls ein ältlicher
Mann — trat an ihn heran.

„Das ist gerade ein Wetter, Meister, wie damals.
Ihr erinnert Euch doch noch?“

„Wie kann man so etwas vergessen?“ entgegnete
der Müller kurz, es war auch gerade um diese Jahres-
zeit, und sind es jetzt einundzwanzig Jahre her. Der
Mensch hätte also noch fünf bis sechs Jahre zu
sitzen.“

„So ungefähr. Er wurde zu sechsundzwanzig
Jahren verurtheilt.“

Ein anderer, jüngerer Mahlgast hatte sich den
Beiden genahet.

„Ihr sprecht von dem Menschen, der vor langen
Jahren den Moordamm da oben durchstochen hatte?“

„Von dem sprechen wir.“

„Der soll wieder da sein.“

Der alte Müller fuhr auf.

„Aus dem Zuchthause?“

„So sagen die Leute.“

„Es ist nicht möglich, er wurde zu sechsundzwanzig Jahren verurtheilt und hat erst zwanzig gesessen."

„Die Leute sagen, der König habe ihn begnadigt;
er habe sich sehr gut geführt in der Strafanstalt,
wahre Reue bewiesen, und da habe der König ihm
den Rest der Strafzeit erlassen."

„Der Reue?" sagte der Müller. „Das war der
schlechteste und tückischste Mensch, der mir in meinem
langen Leben begegnet ist."

Noch ein anderer, erst später angekommener Gast
war hinzugetreten.

„Wenn Ihr von dem Brandstätter redet," sagte er.

Ja, wurde ihm erwidert.

„Der ist wieder da, bei seinem Bruder, dem Korb-
macher, der da hinten allein in der Möhringer Heide
wohnt. Er soll in der gestrigen Nacht plötzlich und
heimlich in das Haus gekommen sein. Aber von einer
Begnadigung habe ich nichts gehört."

„Dagegen, sagte wieder ein anderer Gast — das
Gespräch war allgemein geworden — dagegen wurde
heute bei uns in Buchholz davon gesprochen, daß vor
ein paar Nächten zwei gefährliche Verbrecher aus
Spandau ausgebrochen seien."

In Spandau saß der Brandstätter, wurde bemerkt.

Den alten Müller hatte die neue Nachricht ergriffen. Blaß geworden, trat er unruhiger an das kleine

Fenster, um in das stürmischer gewordene Unwetter hinauszuschauen. Das Gespräch wurde ohne ihn fortgesetzt.

„Wie war es eigentlich mit dem Durchstechen des Dammes?" fragte der jüngere Mahlgast, „ich war damals noch ein Kind."

„Wie das war?" sagte der ältere, „der Meister Leuthold hier hatte in der Mühle einen Knappen, mit dem er sich nicht gut stand, den Brandstätter, der jetzt wieder da sein soll. Was sie Alles mit einander hatten, darüber wurde wohl Viel gesprochen. Gewiß ist, daß der Knappe ein schlechter Mensch war, seinen Herrn und die Gäste bestahl, und das Geld mit nichtsnutzigem Gesindel in den benachbarten Dörfern durchbrachte. Sein Herr mußte ihn zuletzt den Gerichten anzeigen, und er kam wegen seiner Diebereien ein paar Monate ins Gefängniß und hatte dann keinen Dienst mehr. Dafür rächte er sich. In einer Nacht — es war gerade ein Wetter wie jetzt, es schneite und regnete und stürmte, und das Wasser stand hoch — da ging der schlechte Mensch mit Hacke und Spaten auf den Damm da oben, der die Mühle gegen das schwarze Moor schützt, stach den Damm durch, und zehn Minuten nachher war von der Mühle und dem Müllerhause nichts mehr zu sehen. Das hohe Wasser war mit einer schrecklichen Gewalt durch den durchstochenen Damm gestürzt und hatte Alles um- und niedergerissen. Es war mitten in der Nacht. In der

Mühle hatte Alles geschlafen. Die Müllerin war von dem Brausen des Wassers und dem Erschüttern des Hauses zuerst erwacht, sie hatte ihren Mann geweckt. Beide waren aufgesprungen. Da hatten sie das Wasser gesehen, das schon rund um sie her war. Die Frau griff nach ihrem einen Kinde, das neben ihr schlief, einem Mädchen von drei Jahren. Mit ihm sprang sie fort. Der Mann stürzte fort, das andere Kind zu holen, einen kräftigen Knaben von fünf Jahren, der hinten im Hause bei der Magd schlief. Als er hinkam, war es schon zu spät; das Wasser hatte die Kammer schon eingerissen. Er hörte die Magd noch um Hülfe schreien; er glaubte, auch sein Kind zu hören. Als er hinspringen wollte, wo er die Stimmen hörte, sah er das Mädchen, sein Kind im Arme, von den Wellen fortgetrieben, in den Wellen untergehen. Er konnte nur noch der Frau nacheilen, die mit dem einen Kinde nichts als das nackte Leben gerettet hatte. Die Leichen des Knaben und der Magd wurden erst am anderen Tage aufgefunden. Ein Knappe, der in der Mühle schlief, war wie durch ein Wunder gerettet worden. Der Müller hat seit der Nacht das weiße Haar. Der Verbrecher wurde entdeckt und die Gerichte verurtheilten ihn zum Tode; weil aber das Gesetz nicht ganz klar war, so begnadigte ihn der König zu sechsundzwanzigjähriger Zuchthausstrafe."

Der alte Mann schloß seine Erzählung.

„Und der Mensch ist jetzt wieder da?"

„Ihr selbst habt es gesagt."

„Es mag dem alten Leuthold schwer genug an's Herz gehen."

„Man sieht ihm an, daß es das thut."

„Wenn der Mensch ausgebrochen wäre, so hat er wohl Grund."

„Auch wenn er begnadigt wäre. Man kennt solche Reue und Frömmigkeit und Gottesfurcht in den Zucht- häusern. Die schlimmsten Verbrecher werden da ge- wöhnlich die größten Heuchler, und sie können dreißig, vierzig Jahre lang ihren Haß und ihre Rache in den schlechten Herzen verschließen." —

Die beiden Knappen des Müllers hatten unterdeß die Arbeit gefördert. Sie hatten wohl nach dem Ge- spräche hingehorcht, mit großer Aufmerksamkeit sogar, aber sie waren dabei nicht müßig geblieben; nur den Einen hatte der Müller einmal antreiben müssen. Der Bursch, ein häßlicher Mensch mit röthlichen Haaren und störrischem Wesen, hatte sich von seiner Neugierde — oder war es etwas Anderes? — so be- herrschen lassen, daß seine Arme völlig feierten. Als der Meister ihn antrieb, arbeitete er desto eifriger. Aber auch in ihm arbeitete etwas, und wäre es Tag oder heller in der Mühle gewesen, man hätte in dem tückischen Gesichte vielleicht lesen können, was es war.

Die Mahlgäste hatten sich nach und nach entfernt. Dann hatte der alte Müller Leuthold, der mit seinen beiden Knappen nun allein war, die Mühle geordnet und gesäubert. Es war Sonnabend, und zum Sonntage mußte Alles blank und rein sein.

„Ihr könnt jetzt gehen," sagte der Müller, als sie fertig waren, „ich werde abschließen."

Der eine der Knappen trat an ihn heran, der häßliche mit den rothen Haaren.

„Erlaubt Ihr mir, Meister, nach Buchholz zu gehen?"

„In den Krug?" fragte der Müller.

„Ja; es wird dort getanzt."

„Wie lange willst Du ausbleiben?"

„Wie lange darf ich?",

„Um Mitternacht kannst Du wieder hier sein."

„Gut."

Der Bursch ging still fort.

Den andern hielt der Müller zurück.

„Ich habe noch ein paar Worte mit Dir zu sprechen, Stephan."

„Was ist's, Meister?"

„Du gehst den Abend nicht mehr aus?"

„Bei dem Wetter nicht, Meister. Aber auch sonst nicht."

„Ja, ja, Du bist ein braver und solider Mensch."

Der Knappe wurde roth bei dem Lobe; er war ein hübscher Bursch, dem der weiße Mehlstaub in dem frischen Gesichte sehr wohl stand.

„Ich bin am liebsten hier," sagte er leise und nochmals erröthend.

Der Müller achtete nicht darauf.

„Du hast vorhin gehört, sagte er, was über den
Menschen, den Brandstätter, gesprochen wurde?"

„Ja, Meister."

„Bliebst Du wohl heute Nacht wach mit mir?
Morgen ist Sonntag, da kannst Du den Schlaf nach-
holen."

„Ich werde die ganze Nacht aufbleiben, Meister.
Ihr könnt Euch ruhig schlafen legen."

„Nein, Stephan. Vier Augen sehen mehr als
zwei."

„Fürchtet Ihr denn wirklich den Menschen,
Meister?"

„Hast Du nicht gehört, was sie sprachen? Sage
nur den Frauensleuten nichts. Die Sache kann gut
gehen, dann hätten sie sich umsonst geängstigt. Morgen werde ich näher erfahren, was es mit dem Menschen eigentlich ist; wenn er aus Spandau ausgebrochen war, so werden sie ihn morgen schon unschäd-
lich gemacht haben. Um so mehr muß man heute
Nacht auf der Hut sein. Du kannst jetzt gehen."

Der Müller sah noch einmal in der ganzen Mühle
umher, ob Alles in Ordnung und wohl verwahrt
sei. Dann schloß er die beiden Thüren, die nach
außen führten, sorgfältig ab; durch die dritte ging er
hinaus. Diese führte unmittelbar in das Wohnhaus,

das mit der Mühle zusammengebaut war; man ge- langte durch dieselbe in einen kleinen Gang, an dem die Wohnstube und neben dieser die Schlafkammer des Müllers lagen.

Er ging auf seine Wohnstube zu. Sein Gesicht war kummer- und sorgenvoll. Er suchte es aufzu- heitern, als er an die Thür der Stube trat.

In demselben Augenblicke vernahm er etwas, was ihn stutzen machte. Er zog die Hand von dem Drücker der Thür zurück und horchte.

Er horchte nach der Hausthür hin, die gleich rechts von ihm lag.

„Ein Wagen noch?" fragte er sich. „So spät, und in solchem Wetter? Aber das ist kein Mahlgast mehr. Die Pferde scharren und es hört sich an wie eine Kutsche. Wer kann das sein? Hier führt kein Weg vorbei. Wer könnte zu mir wollen? Sollte sich Jemand in der Dunkelheit verirrt haben? Der Wa- gen hält!" —

Vor dem Hause des Müllers hielt ein Wagen, der im raschen Trabe den schmalen aber ebenen Weg, der zur Mühle führte, herangefahren war.

Der Müller öffnete die Hausthür.

Eine herrschaftliche Equipage mit zwei hellbrennen- den Laternen hielt unmittelbar an der Thür. In dem Scheine sah der Müller zwei stolze Rappen; auf dem Bocke einen Kutscher in weitem Mantel; einen Bedien-

ten, der schon vom Bocke heruntergesprungen war, um
den Kutschenschlag zu öffnen.

In dem Wagen erhob sich eine Dame, und auf
den Arm des Dieners gestützt, stieg sie aus. Sie war
in der Mitte der vierziger Jahre, groß, vornehm,
stolz in Gesicht und Haltung. Ihre Gestalt war
dennoch gebeugt, ihr Gesicht verrieth Sorge.

Als sie den Müller sah, wollte sie sich stolzer er=
heben, doch vermochte sie es nur halb.

Der Müller erschrack bei ihrem Anblick; er er=
schrack, wie vor einem Unglück.

„Ist Eure Tochter zu Hause?" fragte ihn die
Dame.

„Ja, gnädige Frau." Aber —
Sie überhörte stolz das Aber.

„Führt mich zu ihr."
Der Müller hatte sich gesammelt.

„Was wollten Sie von ihr?" fragte er.

„Ich habe ihr eine Mittheilung zu machen."

„Nein", gnädige Frau, sagte der Müller ent=
schieden.

„Wie?"

„Sie können, Sie dürfen meine Tochter nicht
sehen."

„Ich muß sie sprechen."

„Nein, gnädige Frau."

Der Ausdruck der Sorge in dem Gesichte der
Dame trat fast schmerzlich hervor.

„Meister Leuthold, es handelt sich um das Glück, um das Leben eines Menschen."

„Wessen?" fragte der Müller.

Er sah sie finster, beinahe drohend, bei der Frage an und sie mußte vor dem Blick den ihrigen niederschlagen.

Meines Sohnes, konnte sie nur leise antworten.

Der Müller kämpfte heftig mit sich.

Er hatte bittere, zornige Worte auf der Zunge er konnte sie nicht ganz zurückdrängen.

„O, gnädige Frau", sagte er, „seit vier Jahren muß ich hier tagtäglich ein zerstörtes Menschenglück um mich sehen. Und wer hat es zerstört? — Aber Sie sollen mein Kind sprechen, wenn es sich um das Glück eines Menschen handelt; ich will nicht Böses mit Bösem vergelten. Folgen Sie mir. Ich muß nur erst auf Ihren Besuch vorbereiten; treten Sie solange in die Stube."

Er führte sie in seine Wohnstube. Dort ließ er sie allein, indem er eine Treppe hinaufstieg, die zu den oberen Kammern des Hauses führte.

Die Töchter des Müllers.

Von den Kammern oben im Hause des Müllers waren zwei zu freundlichen Stübchen eingerichtet. Sie lagen nebeneinander und wurden von den beiden Töchtern des Müllers bewohnt, seinen beiden einzigen Kindern, nachdem vor jenen zwanzig Jahren der Tod auf so grausame Weise seinen Knaben ihm geraubt hatte.

Die beiden Schwestern saßen in der Stube der älteren beisammen.

Die Aeltere war eine große, schöne Frau von etwa dreiundzwanzig Jahren. Ihr feines, von einer Fülle des glänzendsten schwarzen Haares umgebenes Gesicht hatte den Ausdruck eines tiefen, aber edlen, fast erhabenen Schmerzes. Sie trug Trauerkleidung, nach städtischem Schnitt.

Die jüngere Schwester war ein hübsches, liebliches Kind von ungefähr siebenzehn Jahren. Aber sie war schon zur vollen Jungfrau aufgeblüht und nur ihr frisches freundliches Gesicht hatte noch den Ausdruck des Kindlichen. Ihre Kleidung war mehr ländlich, als städtisch.

Dem Unterschiede der Kleidung entsprach auch Manches in dem Wesen der Beiden. Die Jüngere erschien wie ein einfaches Landmädchen mit gesundem Sinne,

unb einem fröhlichen Herzen, das freilich auch schon
sein Leid getragen und mitunter wohl noch zu tragen
hatte. Die Aeltere in ihrem stillen, eblen Schmerze,
hatte Haltung und Bewegungen einer Dame, die die
Welt gesehen hatte.

Die beiden Schwestern waren in einem angelegent=
lichen Gespräche. Die ältere führte es ruhig, die
jüngere konnte eine kleine Aufregung nicht immer zurück=
halten.

„Der Vater wird also Ja sagen, Luise?"

„Aber Kind, ich habe Dir nur gesagt, daß er zu=
frieden mit ihm ist, daß er ihn gelobt hat."

„Seinen Fleiß, sein stilles Wesen, sein solides Be=
tragen! Was will der Vater mehr?"

„Er könnte noch manches Andere forbern. Zum
Beispiel Vermögen. Stephan ist arm."

„Aber der Vater ist reich."

„Reich, Kind? Er hat Vermögen. —

„Und genug für uns Beide künftig. In zwei
Theile geht es nur."

Die ältere Schwester mußte trotz ihrer Trauer
lächeln.

„Ei, Charlotte, Du hast schon getheilt?"

Die Jüngere wurde roth.

„Ach Luise, es war wohl dumm von mir. Aber
wir haben uns so lieb, der Stephan und ich, und er
ist arm. Da macht man sich allerlei Sorgen." —

„Und man sucht sie sich auch wieder zu nehmen."

„Ja, und da rechnete ich ihm denn vor —

„Ah, auch schon gerechnet habt Ihr?"

„Daß der Vater immer genug habe für zwei Familien, für Dich und mich."

Die ältere Schwester wurde wieder ernst, ernst und traurig.

„Es wird Alles für Dich sein, mein liebes Kind, für mich rechne nicht."

„Doch, doch, Luise!" rief eifrig das Kind. „Du wirst wieder glücklich werden; es werden wieder bessere Tage für Dich kommen."

„Nie, Kind."

„Doch, jetzt. Du bist —

„Nie, nie!"

Luise, die ältere Schwester, rief die Worte leidenschaftlich. Sie war aufgesprungen und heftig ging sie in der Stube auf und ab.

Charlotte, die jüngere, sah ihr traurig nach. Nach einer Weile ging sie zu ihr.

„Verzeihe mir, Luise; und laß uns wieder von Stephan und mir sprechen. Es heitert Dich auf, wenn ich von uns plaudere. Und Du bist ja auch unsere freundliche Beschützerin."

„Und ich bin ja glücklich unter Euch," sagte Luise.

Das Mädchen hatte ihre Hand genommen und führte sie zu ihrem Sitze zurück. Dann setzte sie sich zu ihr und begann wieder zu plaudern.

„Ach, Luise, ich denke es mir prächtig, wenn ich hier künftig die Frau Müllerin bin, und Stephan der Müller. Denn die Mühle müssen wir nun schon haben. Für eine Müllerin, eine Frau Meisterin, bist Du viel zu vornehm. Du wirst wieder in die Stadt ziehen."

„Ich werde nur bei Dir bleiben, Kind. Hier — wenn Ihr mich behalten wollt."

„Behalten, Luise? Wie sprichst Du? Du bist die ältere, und wenn Du wolltest, könntest Du ja Mühle und Haus hier für Dich nehmen."

„Es soll Alles Dir bleiben, Charlotte."

„Und daß der Stephan arm ist, macht mir auch keine Sorge. Wenn der Vater auf Geld sähe — der Konrad hat Geld, seines Vaters Mühle wird ihm künftig zufallen — der Vater kann ihn dennoch nicht leiden. Und, Gott sei Dank, zu Neujahr läßt er den häßlichen Menschen gehen. Nicht wahr, er hat ihm schon gekündigt?"

„Er hat ihm gekündigt."

„Mir wird ein Stein vom Herzen fallen, wenn er weg ist. Gott hat ihn gezeichnet mit seinen rothen Haaren —

„Charlotte!"

„Ja, ja, Luise, solch ein Sprichwort ist ein wahres Wort. Sieh Dir den Menschen einmal recht genau an. Besonders in den letzten Wochen, seitdem er weiß, daß er fort muß, sieht er so recht tückisch aus. Und

2*

vorhin kam er mir ordentlich unheimlich vor. Er war auch so boshaft gegen mich."

„Vorhin?" fragte die ältere Schwester.

„Er begegnete mir unten im Flur; er hatte seinen bessern Rock angezogen und wollte ausgehen. Als er mich sah, blieb er stehen und sah mich frech an."

„Wollen Sie nicht mit mir gehen, Jungfer Charlottchen?"

„Ich gehe nicht aus, sagte ich ihm kurz."

„Ich gehe nach Buchholz, zum Tanzboden."

„Ich gehe auf keinen Tanzboden."

„Ja, ja, das will hoch hinaus, zu einem Bettler. — Ah, wenn der, wenn der Herr Stephan Sie hinführen wollte, dann würden Sie nicht nein sagen. Aber mit einem Bettler kann man eine Bettlerin werden, Jungfer Charlottchen."

„Damit ging er lachend zum Hause hinaus. Ich mußte ihm fast erschrocken nachblicken."

„Kümmere Dich nicht um den Menschen," sagte die ältere Schwester." Er ist eifersüchtig auf Stephan. Wenn er von hier fort ist, wird er nicht weiter an uns denken."

„Er ist rachsüchtig, Luise, Gott hat ihn ge= zeichnet."

Das Gespräch der Schwestern wurde unterbrochen. Ihr Vater trat zu ihnen ein.

Er hatte sich zusammengenommen. Doch sah man ihm an, daß er etwas auf dem Herzen hatte.

Er wandte sich an die ältere Tochter.

„Die Frau von Bilau ist hier, Luise.“

Sie war bei dem Namen leichenblaß geworden.

„Was will sie?“ sagte sie aufspringend.

„Sie will Dich sprechen.“

„Nie, niemals.“

„Ich habe ihr das gesagt; doch sie besteht darauf, sie habe Dir eine wichtige Mittheilung zu machen.“

„Ich habe nichts gemein mit der Frau, gar nichts. Sagt ihr das, Vater, schickt sie wieder fort. Ich kann sie nicht sprechen.“

„Es handle sich um ein Menschenleben, sagte sie.“

„Wenn auch, wenn auch!“

„Um das Leben ihres Sohnes.“

„Ja, ich weiß das, ich ahne es. Aber nein — Nein! wollte sie noch einmal sagen, fester, entschiedener. Aber sie sprach das Wort nicht aus. Ihre Kraft war gebrochen, oder vielmehr ihre Aufregung, die Heftigkeit, die sie plötzlich ergriffen hatte.

Sie mußte sich auf ihren Stuhl setzen. Ein Strom von Thränen entfloß ihren Augen, sie ließ sie still fließen; dann erhob sie sich.

„Laßt die Frau hereinkommen, Vater. Sie soll nicht meinen, daß ich mich vor ihr fürchte. Und wenn ich recht errathe, weshalb sie gekommen ist, so soll sie von mir die Gründe vernehmen, aus denen ich nicht kann, was sie will. Führt sie zu mir. Aber laßt mir noch ein paar Minuten Zeit, sie darf die Thränen nicht sehen, die ich nicht zurückhalten konnte."

Der Vater ging.

„Verlasse auch Du mich, Charlotte," bat die ältere Schwester die jüngere. „Du darfst nicht hören, was ich mit der Frau zu sprechen habe; Du darfst nicht."

Ueber die frischen Wangen des hübschen Mädchens waren schon längst die hellen Thränen geströmt.

„Arme Schwester", sagte sie, „auf Deinem Herzen muß ein schweres Unglück liegen. Kannst Du es mir denn nie mittheilen, damit ich es Dir könnte tragen helfen?

„Ja, Kind, Du sollst es erfahren, vielleicht heute noch. Ich ahne, daß die Frau mir schwere Dinge zu sagen hat; da werde ich einer Freundin bedürfen, an deren Brust ich mein Herz erleichtern kann, Deiner, Du gutes, treues, unschuldiges Kind. Gehe, gehe jetzt."

Auch das Mädchen ging.

Die Zurückgebliebene mußte noch immer nach Ruhe ringen; selbst ein sicherer, fester Entschluß fehlte ihr noch.

„Werde ich stark genug sein? ich muß, ich muß es."

Die Thür des Stübchens öffnete sich, die Frau von Bilau trat ein, nicht mit ihrem ganzen Stolze. Sie suchte sogar den harten Zügen ihres Gesichts einen milderen Ausdruck zu geben.

Die junge Frau, ihr gegenüber, wurde dennoch von einem heftigen Zittern befallen.

Die vornehme Dame sah es; ihre Gestalt erhob sich stolzer, imponirender.

Luise hatte ihr schweigend einen Stuhl angewiesen, die Dame ließ sich nieder.

„Setze Sie" — sagte sie — „Setzen Sie," verbesserte sie sich herablassender, „setzen Sie sich zu mir, Madame, ich werde lange mit Ihnen zu sprechen haben."

Luise nahm ihr gegenüber Platz, sprechen konnte sie nicht.

Auch die Frau von Bilau mußte nach einem Eingange suchen. — „Madame Brunner, hob sie an. —

Da hatte auch die junge Frau die Sprache wiedergefunden.

„Nicht den Namen, gnädige Frau!" sagte sie beinahe heftig. „Sie wissen, daß ich ihn keine Stunde geführt habe."

Die Frau von Bilau blieb ruhig und ward kälter.

„Aber Sie hatten immer ein Recht, den Namen zu führen."

„Vor den Gesetzen — vielleicht."

„Und jetzt lebt Niemand mehr, der Ihnen denselben streitig machen könnte."

„Meine Ehre lebt noch, Frau Baronin!" rief die junge Frau.

Aber auf einmal erblaßte sie.

„Was sage ich? Meine Ehre? — Meine Schande lebt! Mit mir, immer mit mir. Und die Ehre jenes braven, unglücklichen Mannes. Doch, gnädige Frau, lassen Sie uns hier nicht streiten. Darf ich Sie bitten, mir zu sagen, was Sie zu mir führt?"

„Eine Bitte an Sie, Madame."

„Lassen Sie sie hören."

„Ich kann ohne weitere Einleitung zu Ihnen sprechen — das ganze Unglück ist Ihnen bekannt."

Die junge Frau war noch einmal außer Stande, sich zu beherrschen.

„Unglück?" rief sie. „Nur von Unglück sprechen Sie? Jetzt? Ha, früher war es Ihnen auch nicht einmal ein Unglück. Mit Geld, sagten Sie —

„Wir wollen hier nicht streiten, Madame," unterbrach die adlige Dame die Tochter des Müllers.

„Wohl, Frau Baronin, wir wollen nicht streiten, kommen Sie zu ihrem Anliegen."

Sie konnte die Worte endlich mit voller Ruhe sprechen, sie hatte sich ganz gefaßt.

Die Baronin hatte ihre unerschütterliche Ruhe nicht verloren.

„Madame, mein Sohn sitzt jetzt seit drei Jahren in der Festung."

„Ja, Frau Baronin."

„Seine Strafzeit würde noch siebenzehn Jahre dauern."

„Das Urtheil lautete auf zwanzig Jahre."

„Alle unsere bisherigen Schritte für seine Begnadigung sind vergeblich gewesen."

„Der König Friedrich Wilhelm der Dritte ist ein gerechter Monarch, Frau Baronin."

„Der König hat jetzt endlich ein geneigtes Gehör versprochen, wenn —

„Wenn?" rief die junge Frau und ihr Auge flammte.

„Der König will es allein auf Sie ankommen lassen."

„Auf mich?"

„Sein Ausspruch ist wörtlich folgender: Wir sollen Ihnen ein Kapital von zwölftausend Thalern auszahlen —

„Ich will Ihr Geld nicht, Frau von Bilau!" fuhr die junge Frau auf, glühend roth in dem feinen, edlen Gesichte.

„Darf ich bitten, mich mit Ruhe anzuhören?"

„Fahren Sie fort, ich werde Sie mit Ruhe anhören."

„Wir sollen Ihnen also zwölftausend Thaler zahlen. Mein Sohn soll alsdann an Sie schreiben und Sie um Verzeihung und um Ihre Verwendung bei dem Könige für seine Begnadigung bitten."

Die adliche Dame sah die Tochter des Müllers prüfend und fragend an.

Die junge Frau blickte schweigend vor sich nieder.

Jene fuhr fort:

„Mein Sohn soll ferner, so lange Sie leben, oder sich hier aufhalten, seinen Wohnsitz in einer andern Provinz der Preußischen Staaten nehmen."

Die Dame sah wieder die junge Frau an. Diese blickte noch immer vor sich nieder.

„Sie sagen mir nichts, Madame?"

„Sie haben mir nichts weiter zu sagen, Frau Baronin?"

„Ist Ihnen das Alles nicht genug der Satisfaction?"

„Zu welchem Zweck, gnädige Frau? Kommen Sie zum Schluß, zu Ihrem Anliegen an mich."

„Nach dem Allen sollen Sie dann den König um die Begnadigung meines Sohnes bitten."

„Ha, der König ist doch gerecht. Jenes Andere waren die Vorschläge, die Sie und Ihre hohen Verwandten und Freunde dem Könige gemacht hatten, um ihn zu bewegen, daß er unter der Maske einer edlen Gnade das Recht beuge. Der König blieb gerecht. Ja, Frau Baronin, alle Ihre bisherigen, alle jene Schritte waren vergeblich. Die letzte Bedingung ist allein die des Königs, sie ist eine königliche."

„Und Ihr Entschluß, Madame?"

„Mein Entschluß? Frau von Bilau, Ihr Geld will ich nicht, ich bedaure, daß ich es Ihnen nochmals erklären muß. Ich bedaure es um Ihretwillen. Erinnern Sie sich — doch nein. Lassen Sie mich fortfahren. Wo in der Welt Ihr Sohn sich aufhält, ist mir gleichgültig, denn mich sieht die Welt nicht mehr. Was aber jene letzte Bedingung betrifft, die des Königs, so kann ich sie nicht erfüllen, gnädige Frau. Niemals werde ich für Ihren Sohn um Gnade bitten."

Die junge Frau sprach die Worte mit der größten Ruhe, aber auch mit der größten Festigkeit und Entschiedenheit.

Die Baronin erbleichte, aber nur in ihrem gekränkten Stolze.

„Madame Brunner!"

„Frau von Bilau?"

„Sie haben mir Ihren letzten Entschluß gesagt?"

„Meinen ersten und letzten."

„Madame; Sie haben das Leben meines Sohnes in Ihrer Hand. Mein armer Fritz — seine Gesundheit ist angegriffen — er hält es kein Jahr mehr in dem furchtbaren Kerker aus und seine Strafzeit soll noch siebenzehn Jahre dauern. Werden Sie nicht seine Mörderin. Der König ist unerbittlich, sein Wille ist unabänderlich."

„Und der König hat Recht, Frau Baronin. Ihr Sohn hat mehr als Einen Mord auf seinem Gewissen. Von meinem zerstörten Lebensglück will ich nicht sprechen. An den unglücklichen Mann — o, ihm ist wohl in seinem Grabe. — Aber meine Mutter, meine arme Mutter —! Nein, Frau von Bilau. Die Schmerzen, die Leiden, der Tod meiner Mutter —

nie kann ich das vergessen, nie, nie kann ich das ver=
zeihen."

Sie war wieder in großer, heftiger Bewegung, die
unglückliche Frau. Sie stand auf.

„Verlassen Sie mich, gnädige Frau," sagte sie;
ich bitte Sie darum. Quälen Sie mich nicht länger,
ich schwöre Ihnen, es ist vergeblich."

Die stolze Dame war bleicher geworden. Auch sie
erhob sich, mit sich kämpfend. Ihre bringenden Bit=
ten waren zurückgewiesen — von der Tochter eines Mül=
lers! Sie hatte vielleicht noch nie eine Frau, die dem
Stande nach so tief unter ihr war, um etwas gebeten,
in solcher Weise, wie hier, gewiß noch nicht. Sollte
sie gleichwohl noch weiter bitten? Sie mußte es."

Sie nahm die Hand der Müllerstochter.

„Madame — Luise, Sie liebten einst Fritz."

Die junge Frau zuckte zusammen, antworten konnte
sie nicht.

„Und Sie wollen, Sie können ihn in seinem Ker=
ker sterben lassen?"

Die junge Frau verhüllte ihr Gesicht. Antworten
konnte sie wieder nicht.

„Luise, Sie lieben ihn noch."

Man hörte das laute Schluchzen der unglücklichen
jungen Frau. Sie hielt beide Hände vor das Gesicht
gepreßt, sie kämpfte wohl den schwersten Kampf ihres
Lebens mit sich.

„Und er liebt Sie, Luise," fuhr die Frau v. Bilau
fort. „Er liebte Sie immer, er liebt Sie noch, und ich
— ja, ich habe meinen Stolz, nennen Sie es selbst mei=
nen Hochmuth — ich habe ihn überwunden. Er ist mein
einziges Kind. Ich muß ihn wieder glücklich sehen.
Luise, ich biete Ihnen seine Hand an, werden Sie
meine Schwiegertochter. Ich bitte Sie darum. Laſſen
Sie mein Kind nicht sterben."

Da erhob die junge Frau sich stolz. Sie trat vor
die Baronin, enthüllte ihr Gesicht, gebot ihren Thrä=
nen. Sie sprach mit strengen Worten und mit stren=
gem Blick:

„Frau Baronin von Bilau, als jene entsetzliche
That geschehen war, die Sie vorhin nur ein Unglück
nannten, als ein Lebensglück frevelhaft zerstört, eine
brave Familie in ihrer Ehre und in ihrem Frieden
vernichtet war, als meine Mutter in der Angst um
ihr Kind, in der furchtbaren Todesangst da lag, da
konnten Sie vor dieſe arme unglückliche, mit dem Tode
ringende Mutter hintreten, da konnten Sie nicht ein=
mal ein Unglück sehen, aber mit Ihrem harten und
hochmüthigen Herzen konnten Sie hart und hochmü=
thig sagen: Nun, was ist denn? die Sache wird mit
Geld abgemacht! Und Sie hatten das Herz meiner
Mutter tödtlich getroffen, Frau Baronin. Sie starb!
Wollen Sie noch eine Antwort von mir?"

Die Frau von Bilau sprach kein Wort mehr, in

ihren Shawl sich hüllend, verließ sie schwankend das Zimmer.

Die Tochter des Müllers sank erschöpft auf einen Stuhl.

————

3.

Der Knappe und sein Gefährte.

Der Sturm schlug lauter an die Fenster der Mühle. Er strich heftiger an den Mauern vorüber. Die hohen Tannen beugte er, als wenn sie brechen sollten. Er trieb keinen Regen mehr, aber den Schnee desto dichter und wilder. Die großen, schweren Flocken erfüllten und verfinsterten die Luft, daß man keine zehn Schritte weit sehen konnte.

Hören konnte man noch weniger in dem Heulen und Brausen rund umher.

„Besser hätten wir es wohl nicht treffen können," sagte von zwei Männern, die eilig, aber dennoch vorsichtig durch das Unwetter schritten, der Eine zu dem Andern.

Sie gingen ohne Pfad, in der tiefen Finsterniß, mitten in der Heide. Sie kannten gleichwohl den Weg, den sie zu nehmen hatten, wenigstens der Eine, der vorn ging; er schritt sicher einher, ohne anzuhal-

ten, ohne sich zu besinnen, ohne sich nur einmal um=
zusehen. Er hatte auch gesprochen.

Sein Begleiter folgte ihm schweigend.

Sie gingen Beide schweigend weiter, jeder ein
Grabscheid und eine Hacke tragend.

Nach einer Weile machte der Erste Halt.

„Hörtest Du nichts?"

„Ich höre nur den Sturm."

„Es war mir, als wenn ich Stimmen gehört
hätte."

„Wer wollte an dem späten Abend in solchem
Wetter durch die Haide gehen?"

„Gehen wir doch! Aber laß uns horchen."

„Sie hörten nichts.

„Es war nichts. Gehen wir weiter."

„Haben wir noch weit?" fragte der Zweite.

„Wir sind bald da."

Sie gingen noch ein paar hundert Schritte, dann
hörten sie wirklich ein Geräusch.

„Was ist das?" fragte der Zweite, der auch ge=
fragt hatte, ob sie noch weit hätten.

„Die Mühle," antwortete der Andere. Der Wind
schlägt an die Fenster und fährt durch die Mühlrä=
der. Es klingt sonderbar genug."

„Aber man sieht nichts."

„Kann man durch den dichten Schnee sehen?"

„Auch kein Licht."

„Desto besser, wenn sie drinnen Alle zu Bett wä=

ren. Aber die Mühle liegt in der Tiefe. Laß uns hingehen, wir wollen nachsehen, ob sie auf sind."

Sie schritten näher an die Mühle hinan.

Das Heideland, in dem sie bisher gingen, lag hoch. Es war nach allen Seiten flach. Nur rechts von ihnen zog sich dunkel eine lange, gleichmäßige Erhöhung hin, wie ein Wall oder eine Mauer. Sie war mehr als Manneshoch. Man konnte in der Finsterniß ihr Ende nicht absehen.

„Das ist der Damm des schwarzen Moores?" fragte der Zweite der beiden Männer.

„Ja."

„Da ist unsere Arbeit?"

„Ja, aber mehr nach links, vor uns. Der Damm hat hier gleich eine Biegung, daran müssen wir vorbei."

Sie waren dem Damm näher gekommen und gingen wenige Schritte an ihm entlang. An seiner andern Seite hörten sie das Plätschern von Wellen, die an ihn heran schlugen.

„Das Wasser ist wild!"

„Und hoch. — Aber geh' hier vorsichtig, wir sind an der Mühle."

Sie waren in einem schmalen Pfade, der, sich senkend, in eine Schlucht zu führen schien.

Von dort unten, aus der Tiefe herauf, tönte auch das Brausen des Windes, der an die Fenster schlug und durch die Räder fuhr.

„Da unten liegt die Mühle?"

„Da unten."

Sie stiegen den Pfad hinunter und befanden sich wirklich in einer sehr engen Schlucht, die von zwei steilen Wänden eingeschlossen, fast einem Hohlweg glich.

Hart an der einen lagen die Mühle und das Wohnhaus des Müllers; der obere Stock des Wohn= hauses überragte die Wand. Aus einer Thür, die dort angebracht war, gelangte man vermittelst einer schmalen, etwa sechs Fuß langen hölzernen Brücke un= mittelbar zugleich ins Freie und auf die Höhe. Der Müller hatte da einen kleinen Garten angelegt.

An der andern Wand, zwischen ihr und den Müh= lengebäuden, zog der Weg sich hin, der zur Mühle führte, ein schmaler Fahrweg, eben breit genug für ein Fuhrwerk. Hinter der Mühle war er einige Schritte breiter, zum Umbrehen der Wagen, die zur Mühle kamen und in demselben Wege wieder zurück. mußten.

Dreißig Schritte oberhalb der Gebäude, zunächst dem Wohnhause, endete die Schlucht, oder fing sie an, wie man will. Der Damm des schwarzen Moores zog sich dort quer vorüber und hinter ihm dehnte in einem ungeheueren, runden Kessel, von dem Umfange einer Stunde das sogenannte schwarze Moor sich aus. Es war ein Landsee, gespeist von vielen Bächen und Quellen. In Regenzeiten, besonders im Herbst und im Frühjahr, stieg sein Wasser hoch, und es wurde der Umgegend gefährlich; daher war es mit jenem hohen, weiten Damm umgeben.

Die größte Gefahr drohte der Mühle.

Nur wenige Schritte von ihm entfernt, tief unter dem Wasser liegend, in der engen Schlucht eingeschlossen, waren, wenn der schützende Damm einmal durchbrochen wurde, die Gebäude unrettbar verloren, mit Allem, was darin war, und sich nicht früh genug retten konnte. Eine Rettung war fast nur möglich durch jene Thür in dem obern Stock des Wohnhauses, die über die kleine Brücke aus der Schlucht in das Gärtchen führte.

So hatte, als vor einundzwanzig Jahren der jetzt aus dem Zuchthause entlassene oder entsprungene Brandstätter aus Haß und Rache den Damm durchstochen, das wüthende Wasser beinahe in wenigen Minuten Haus und Mühle niedergerissen, und nur der Müller, sein Weib und sein eines Kind hatten das nackte Leben retten können, sein Knabe hatte mit der Magd in den Fluthen den Tod finden müssen.

Es ist noch Eins zu bemerken. Der Bach, der die Mühle trieb, fiel an der Seite des schwarzen Moores in die Schlucht hinab. Er war in einem überwölbten Kanal unter dem Wohnhause hergeleitet, um dann die Räder der unterhalb liegenden Mühle zu treiben.

Die beiden Männer, die in die Schlucht, den Müh-

lang und, hinabgestiegen waren, hatten in dem schma=
len Fahrwege Halt gemacht und waren ungefähr 20
Schritte von der Mühle entfernt. Sie schauten und
horchten nach dieser hin.

„Es ist Alles still!

„Aber da oben brennt ein Licht."

„Das einzige im Hause. Es ist in der Stube der
ältesten Tochter, die immer in die Nacht hinein
wacht."

„Die Andern wären also zu Bett?"

„Wie gewöhnlich um diese Zeit. Wir können ru=
hig ans Werk gehen."

Der Eine, der fremd oder fremder war, hatte,
trotz der Dunkelheit sich unterdeß umgesehen.

„Höre, Konrad," sagte er, „wenn der Damm ent=
zwei ist, so rettet hier Keiner das Leben."

„Meinetwegen." war die kurze Antwort.

Wie häßlich hätte man den rothhaarigen Böse=
wicht finden müssen, wenn man in der tiefen Finster=
niß sein Gesicht hätte sehen können!

Sie stiegen wieder den Pfad hinauf, den sie ge=
kommen waren. Unterwegs aber sprach der Knappe
zu seinem Gefährten weiter.

„Ja, meinetwegen mögen sie Alle umkommen. Sie
hassen mich Alle. Und ist Keiner mehr da, so kann
Keiner auf mich rathen."

„Aber wenn Andere auf Dich riethen?" sagte sein
Begleiter.

„Man wird an den Brandstätter denken. Und wer kann mir am Ende etwas beweisen?"

„ Dem Brandstätter wird man noch weniger beweisen können."

„Er hat den Verdacht gegen sich."

„Wenn er nun aber zu Hause wäre, und sein Bruder könnte beschwören, er sei in der Nacht zu Hause gewesen?"

„Sein Bruder kann nichts beschwören, er ist ein bestrafter Dieb. Aber ich bin ehrlich und ehrlicher Leute Kind."

„Und ich?" fragte der Andere.

„Du, Andreas, bekommst morgen Deine funfzig Thaler, die ich Dir versprochen habe, und hast nur zu schweigen und Dich um nichts weiter zu bekümmern." —

Sie hatten wieder die Höhe erreicht und standen unmittelbar an dem Damm, der sich neben ihnen umbog, um dann in gerader Linie quer vor dem Mühlengrunde sich herzuziehen.

„Steigen wir hinauf," sagte der Knappe, „hier ist der Pfad, der hinaufführt, folge mir."

Der Damm war stark und fest gebaut, und wohlerhalten, denn der alte Müller Leuthold, dessen Wohlstand, Leben und der Seinigen Leben von dem Damm abhing, hatte dafür gesorgt.

Er war an funfzehn Fuß hoch und die Breite betrug unten beinahe das Doppelte. Dann lief er auf

beiben Seiten ſchräg aufwärts, und oben an ſeiner
Krone war er noch neun bis zehn Fuß breit. Da
oben war er meiſt mit Weiben bewachſen.

Der Knappe Konrad führte ſeinen Begleiter An-
breas oben etwa zwanzig Schritte weit zwiſchen ben
Weiben, bann machte er Halt.

„Hier iſt die Stelle, wo wir graben müſſen.“

Der Verbrecher hatte bie paſſenbſte Stelle zu ſeiner böſen That ausgeſucht.

Sie ſtanden gerabe vor der Mitte der Schlucht.
Weiben, bie ſie beim Graben hindern mußten, waren
nicht ba, wohl aber, um ſie bei ihrer Arbeit zu verbergen, zu beiden Seiten umher. Sie beburften in-
beß kaum eines verbergenben Schutzes, benn bie vollſte
Finſterniß umgab ſie, bie bichten Schneeflocken hüll-
ten ſie vollenbs gegen jebes ſpähende Auge in ein
unburchbringliches Dunkel. Sie ſahen nichts, man
konnte auch nichts von ihnen ſehen.

„Wir haben auch das Geräuſch unſerer Arbeit
nicht zu fürchten,“ ſagte ber Knappe, „in bem Sturm
hört uns Einer nicht, ber zehn Schritte von uns
ſteht. Sehen wir zu, wo wir am beſten anfangen.“

Sie wanbten ſich nach ber Seite bes Moores.
Hier ſahen ſie nur die bunkle, wogenbe Waſſermaſſe.
Sie war hoch geſtiegen unb bicht an ihren Füßen,
bie ſie faſt beſpülte. Wenn eine Welle von bem
Winde gepeitſcht wurbe, ſchlug ſie über bie Böſchung

hinüber und ihr Schaum bespritzte die Weiden, die oben standen.

„Es ist ein gut Stück Arbeit," sagte der Gefährte des Knappen, indem er die obere Breite des Dammes gemessen hatte.

„In einer Stunde können wir fertig sein," erwiderte der Knappe. „Das Erdreich ist von dem Regen aufgelockert, beginnen wir daher hier, an dem äußersten Rande des Dammes und graben hier eine Rinne, drei Fuß breit ist genug. Das Wasser, wenn es einmal darin ist, reißt sie in einer Minute sechs, acht, zehn Fuß breiter. Ans Werk! Zuerst lockern wir mit den Hacken noch mehr den Boden auf. — Und nun den Mund zu und die Ohren offen; es könnte doch Jemand kommen, und wir müssen Alles hören!"

Sie legten die Grabscheite neben sich, und nahmen Jeder seine Hacke zur Hand. So wollten sie beginnen, in den Boden einzuhauen.

„Halt!" rief auf einmal leise der Knappe. „Was ist das?"

Sie standen an dem äußeren, von dem Moore abgewandten Rande des Dammes, nach der Seite der Mühle hin. Dort mußten sie, wie der Knappe gesagt hatte, ihre Arbeit beginnen, um sie nach der inneren, der Wasserseite, hinzuführen. So war die Gegend zwischen ihnen und der Mühle frei; nur die Finsterniß lag darüber.

In der Finsterniß erschien plötzlich ein Licht und bewegte sich in der Nähe der Mühle, dann nahete es sich ihnen.

„Verdammt," sagte der Knappe. „Wenn der Müller Verdacht bekommen hätte und hier nachsehen wollte! Die Nachricht von der Rückkehr des Brandstätter ergriff ihn. Wahrhaftig, das Licht kommt auf den Damm zu. Es ist eine Laterne. Es sind zwei Menschen dabei. Sicher der Müller und Stephan. Möchte sie Beide der Teufel holen. Sie werden hierher kommen, um nachzusehen, ob der Damm in Ordnung ist."

„Was machen wir da?" fragte der Gefährte des Knappen.

Der Knappe hatte über etwas gebrütet.

„Andreas, mir kommt ein Gedanke."

„Was ist's, Konrad?"

„Hast Du Muth, Mensch?"

„Wenn Du das nicht wüßtest, hättest Du mich nicht gedungen."

„Höre! Wir verstecken uns in den Weiden, halten unsere Hacken schlagfertig und lassen sie herankommen. Einen Menschen hier zu treffen, daran werden, daran können sie nicht denken. Sind sie bei uns, so nimmt Jeder seinen Mann, den, der ihm am nächsten ist. Die Hacke ihm in den Kopf, ihn dann den Damm hinunter ins Moor geworfen! Was meinst Du, Andreas? Du sagst nichts?"

„Nein," sagte der Andere.

„Du willst nicht? Du hast keinen Muth?"

„Du hast mich dazu nicht gedungen."

„Es ist eine leichtere Arbeit."

„Aber es ist ein Mord."

„Und das Andere nicht, wenn das Wasser sie Alle begräbt?"

„Da haben wir nur das Wasser losgelassen. Was dann kommt, steht in Gottes Hand."

Es war eine eigenthümliche Logik. — Die Verbrecherwelt hat in Vielem ihre besondere Logik. Nicht blos die gewöhnliche Verbrecherwelt; auch die andere, die höhere, die nicht dem Strafgesetze zu verfallen pflegt. — Auch der zweite December. —

„Du willst nicht, Andreas?" fragte der Knappe noch einmal.

„Für kein Geld in der Welt."

„So komm."

„Wohin?"

„Zurück können wir nicht; wir würden den Beiden geradezu in die Hände rennen. Wir müssen weiter."

„Wohin?"

„Dort links; den Damm hinunter, nach dem Mühlenbache zu."

„Aber wenn wir verfolgt werden. Wir können nicht über den Bach."

„Aber hindurch, Bursch. Hast Du Hacke und

Spaten? Wenn hier etwas gefunden würde, es wäre Alles vorbei."

„Ich habe sie."

„Fort!"

Sie eilten, ungesehen in der Finsterniß, und ungehört in dem Sturme, auf der Höhe des Dammes nach links.

Rechts, hinter ihnen erschien oben auf dem Damm das Licht.

Schon nach dreißig Schritten machte der Knappe Halt.

„Hier müssen wir hinunter, da unten ist der Bach. Aber wir sind hier sicher. Sollte man uns auch verfolgen, wir sind im Augenblicke in dem Wasser und drüben. Der Bach ist nicht tief. Wir wollen hier horchen."

Das Licht war auf dem Damm langsam und vorsichtig näher gekommen. Nach einer Weile bewegte es sich nicht weiter. Es mußte an derselben Stelle sein, wo die Beiden hatten graben wollen.

„Ah, sie haben die rechte Stelle getroffen. Welch' ein Glück, daß unsere Hacken noch keinen Hieb gethan hatten. Es ist nichts zu sehen. Sie werden beruhigt zurückkehren und wir können ohne alle weitere Störung zu Ende arbeiten."

Es war so, wie der Knappe sagte.

Das Licht bewegte sich auf dem Damm eine Zeitlang hin und her, bald hoch gehalten, bald dicht un=

ten am Boden. Ohne Zweifel wurde die Beschaffenheit des Bodens, und ob sich nichts Verdächtiges zeige, auf das sorgfältigste untersucht. Man ging dann noch etwa fünf Schritte weiter vor.

Die Suchenden sprachen dabei.

„Es sind der Müller und der Stephan," flüsterte der Knappe seinem Begleiter zu. „Aber ich verstehe kein Wort von dem, was sie sprechen. Verstehst Du etwas?"

„Nein."

Das Licht entfernte sich wieder eben so ruhig und langsam und verschwand von der Höhe.

„Wir haben gewonnen Spiel!" frohlockte der Knappe Konrad. „Kehren wir zu unserer Arbeit zurück."

Das Licht war auch in dem Mühlgrunde verschwunden; der Müller und sein Knappe Stephan mußten wohl in das Haus zurückgetreten sein.

„Beginnen wir," sagte der Knappe Konrad zu seinem Begleiter, als sie zu der Stelle zurückgekehrt waren.

„Sie schlugen die Hacken in die Erde ein. Es machte wenig Geräusch in dem aufgeweichten Boden, unter dem Anschlagen der Wellen an die andere Seite des Dammes, unter dem Brausen des Windes auf allen Seiten.

„Uns hört Niemand, wir sind völlig sicher bei der Arbeit; sie fördert sich auch in der weichen Erde. In einer Stunde können wir fertig sein. Dann lie=

gen sie Alle im tiefsten Schlafe. Sie hatten nichts gefunden und werden sich jetzt unbesorgt nieder= legen."

Die Arbeit förderte sich und in einer Stunde konnte sie beendigt sein. Es war dann auch mit allen den armen Menschen zu Ende, die in der Mühle schliefen.

Aber die Verbrecher wurden noch einmal unter= brochen.

Der Wind wehte ihnen von der Heide her Töne zu, über die sie nicht sogleich ins Klare kommen konnten.

„Was ist denn das wieder?"

„Es kommt näher."

„Halten wir ein mit der Arbeit."

„Es sind Pferde."

„Zwei Reiter kommen durch die Heide."

„Wohin können die wollen?"

„Das klirrt wie Waffen."

„Wenn es Gensdarmen wären!"

„Und sie kommen wahrhaftig hierher."

„Es können nur Gensdarmen sein, die den Brand= stätter suchen."

„Und wenn sie ihn suchen, werden sie auch hier auf dem Damm nachsehen, ob er nicht schon da ge= wesen sei."

„Das ist eine verdammte Geschichte. Sie würden unsere Arbeit finden, es ist schon ein großes Loch da wir können es nicht wieder zu machen. Sie würden

die ganze Nacht Wache halten und für uns wäre
Alles vorbei."

„Aber sie reiten vorüber."

„Ja, zur Mühle, um den Müller zu wecken; er
soll ihnen suchen helfen, weil sie kein Licht bei sich
haben."

„Es wird so sein. Machen wir uns davon."

„Nicht eher, als bis wir Gewißheit haben. Wir können ihnen immer sicher entkommen. Durch den Bach
verfolgen sie uns nicht, und die Heide ist groß und
die Finsterniß dicht. Sie sprechen mit einander; laß
uns horchen."

„Es sind Gensdarmen, ich kenne die Stimme des
Einen. Es ist der Buchholzer."

„Kannst Du verstehen, was sie sprechen?"

„Kein Wort in dem Sturme."

„Sie reiten in den Mühlengrund!"

„Siehst Du, Sie wollen zu dem Müller."

„Sie scheinen wirklich an der Mühle zu halten."

„Horch, sie pochen an die Thür. Noch einmal."

„Die Thür wird aufgemacht."

„Es spricht Jemand mit ihnen.

„Verdammt, daß man kein Wort verstehen kann."

„Machen wir uns davon."

„Warten wir noch einen Augenblick."

„Die Thür wird wieder zugemacht."

„Sie reiten wieder ab."

„Aber sie kommen nicht zurück, nicht zu uns. Sie reiten weiter."

„Was mögen die gewollt haben?"

„Was geht es uns an; zu uns kommen sie nicht. Frisch wieder an die Arbeit. Zum dritten Male wird uns Keiner stören. In einer Stunde sind wir fertig. Es ist jetzt halb zehn; also um halb eilf. Dann liegen sie Alle im tiefsten Schlafe."

Sie machten sich wieder frisch an ihre Arbeit.

———

4.

Eine Hochzeit.

Die beiden Schwestern saßen in dem Stübchen der älteren wieder beisammen. Sie hielten sich umarmt. Beide hatten geweint.

Jetzt erzählte Luise, und die Jüngere horchte mit ihrer ganzen Liebe zu der Schwester, mit ihrem ganzen Leben.

Die Nachtlampe beschien das schöne und traurige Schwesterpaar.

Was die Aeltere erzählte, das war Folgendes:

Der Müller Leuthold war nicht immer der wohl-

habende Mann gewesen, der er jetzt war. Er hatte
die Mühle am schwarzen Moore erst wenige Jahre vorher
angekauft, als sein schlechter Knappe Brandstätter, nach=
dem er vielfach seinen Herrn bestohlen und beschädigt,
mittelst Durchstechung des Moordammes ihm Mühle und
Haus ganz und gar zerstörte. Der Müller mußte von
vorn wieder anfangen, und es wurde ihm schwer. Er
hatte eine wohlhabende Schwester in Berlin, die
Wittwe und ohne Kinder war. Sie kam dem Bruder
zu Hülfe; auch dadurch, daß sie sein Kind, Luise,
zu sich nahm. Die Eltern konnten um so ungestörter
in Mühle und Wirthschaft arbeiten. Und tüchtig ar=
beiten mußten sie Beide, Mann und Frau, wenn sie
wieder obenauf kommen wollten.

Sie kamen wieder obenauf, freilich nur nach und
nach.

Luise erhielt unterdeß bei der braven Tante, von
der sie wie von einer Mutter, geliebt wurde, die solide
Erziehung des tüchtigen Berliner Bürgerstandes. Sie
erhielt dazu, durch einen besonderen Umstand, eine mehr
als gewöhnliche gesellige Bildung.

In dem Hause der Tante wohnte zur Miethe eine
verwittwete Hauptmann von Bilau. Sie gehörte
durch eigne Geburt, wie durch ihren verstorbenen Mann,
dem ersten Adel des Landes an. Sie trug auch den
ganzen Stolz des Adels in sich. Aber es ging ihr
knapp. Sie war sogar arm. Ihr Mann war ein
jüngerer Sohn gewesen, mußte in der Armee dienen

und von seiner Familie wurde er mit einem geringen
Kapitale abgefunden. Das Kapital war aufgezehrt,
als er nach langer Zeit in einem schlechten Avancement
Hauptmann wurde und bald darauf in Folge eines
Sturzes mit dem Pferde bei einem Manöver starb.

Seine Wittwe mußte mit ihrem Kinde von einer
geringen Pension leben.

Sie hatte nur ein Kind, einen Knaben. Als er
zwölf Jahre alt war, wurde er in das Kadettenhaus
zu Berlin aufgenommen.

Die Mutter zog mit ihm nach Berlin, da sie sich
von ihrem einzigen Kinde nicht ganz trennen konnte.
Sie miethete ein Stübchen. So kam sie in das Haus
der Frau Beier, der Tante Luisens.

Sie hatte in ihrer Armuth ihren adlichen Stolz
nicht verloren. Aber auch eine stolze Frau kann Ge-
fälligkeiten annehmen, wenn sie aus einem guten,
freundlichen Herzen kommen. Die wohlhabende bürgerliche Wittwe erzeigte der armen adlichen manche
freundliche Gefälligkeit. Und auch eine stolze Frau kann
dankbar sein. Die Frau von Bilau war dankbar, und
bewies es besonders durch eine große Liebe und Sorg-
falt für die Nichte der Frau Beier, für Luise Leuthold. Sie nahm sich des schönen, liebenswürdigen
Kindes fast mütterlich an. Es mußte um sie sein;
sie belehrte, unterrichtete, erzog es. Sie hatte selbst
einen gebildeten Geist.

Das Verhältniß der adlichen Dame zu der Tochter

des Müllers hatte ein anderes zur Folge. Der Kadett Fritz, der Sohn der Frau von Bilau, durfte seine Mutter regelmäßig des Sonntags, dann und wann auch wohl in der Woche besuchen. Er sah Luise bei ihr. Sie war neun Jahre alt, schön, heiter, immer sanft. Er zählte zwölf Jahre, war hübsch, munter und wild. Sie fanden Gefallen an einander. Sie spielten zusammen. Warum kann nicht auch ein Kadett spielen, wenn er erst zwölf Jahre alt ist? Zumal mit einem schönen Mädchen? Sie waren unzertrennlich, so oft und so lange er bei seiner Mutter war. Sie spielten auch noch zusammen, als er vierzehn, als er funfzehn Jahre alt war, und sie eilf, zwölf. Es war, als wenn sie Einer ohne den Anderen nicht mehr sein konnten.

Die Frau von Bilau sah es, sie sah es fast mit Sorgen.

Da geschah etwas, was sie aller ihrer Sorgen überhob.

Der Stamm- und Erbherr der Familie Bilau starb am Nervenfieber, und das Fieber hatte vierzehn Tage später auch seine beiden einzigen Söhne hingerafft.

Fritz von Bilau, der Kadett, der arme Sohn der armen Hauptmannswittwe, war der nächste Agnat, war auf einmal der Herr der großen und reichen Bilauschen Güter, und seine Mutter und natürliche

Vormünderin wurde durch ihn, so lange sie lebte, zur reichsten Edeldame.

Sie bezog die Güter, die etwa eine Tagereise von der Residenz lagen.

Ihr Sohn blieb im Kadettenhause. Er sollte erst einige Jahre als Offizier die Welt kennen lernen, und dann seine Besitzungen zu übernehmen. Es war das so die Sitte des Preußischen Adels, und sie ist es vielfach noch.

Er lebte als reicher Stammherr jetzt nun besser im Kadettenhause — freilich noch mehr wohl außer dem Kadettenhause.

In Einem hatte er sich nicht verändert. Die frühere Wohnung seiner Mutter, das Haus der Frau Beier, besuchte er nach wie vor jeden Sonntag, und Luise und er waren dann unzertrennlich, wie früher. Und sie war darüber sechszehn Jahre alt geworden, und er neunzehn. Und sie war zu einer der schönsten Jungfrauen aufgeblüht und er war ein bildhübscher Fähndrich und stand im Begriff, Offizier zu werden.

Seine ersten Epauletten mußte die Mutter sehen. Sie kam nach Berlin; hier sah sie noch mehr, und was sie sah, gab ihr zu der Freude und dem Stolze der Mutter einen tiefen Stich in das Herz.

Aber die reiche Frau hatte rechnen gelernt und die vornehme Dame rechnete mit dem ganzen Hochmuthe ihres Standes und mit einem Herzen, das nie weich gewesen, aber in Reichthum und Hochmuth härter und härter geworden war. Ihre Rechnung war freilich desto einfacher.

„Sie muß ihm aus den Augen, und mir deshalb unter den Augen bleiben."

Sie sprach mit der Frau Beier.

„Ihre Nichte ist ein hübsches Mädchen geworden."

„Sie sieht ganz gut aus, gnädige Frau."

„Der Vater soll Vermögen haben."

„Mein Bruder hat, Gott sei Dank, wieder etwas erworben."

„Da wird Luise eine gute Partie machen."

„Ich hoffe, sie soll einen braven Mann bekommen."

„Aber wissen Sie, Frau Beier, was ihr fehlt?"

„Das wäre, Euer Gnaden?"

„Sie leben in dem großen Berlin so zurückgezogen, daher sieht das Mädchen auch Niemanden; geben Sie sie mir mit; bei mir ist viele Gesellschaft, der benachbarte Adel, die Beamten auf meinen Gütern. Sie wissen, ich habe Luise immer gern gehabt. Sie soll die Wirthschaft bei mir lernen und zugleich wie eine Gesellschafterin in meinem Hause sein."

Die einfache bürgerliche Frau war entzückt über die Ehre, die ihrer Nichte zu Theil werden sollte.

Luise träumte glückliche Träume von mütterlicher Liebe, die sie bei der Mutter Fritzens fand und noch mehr finden sollte. Und mußte zu der Mutter nicht auch oft der Sohn kommen?

Sie ging mit der Barnin nach Bilau.

Aber Fritz kam nicht dahin; von Fritz war auf Bilau gar nicht einmal die Rede; weder die Mutter sprach von ihm, noch ein Anderer. Außer ihr und der Mutter kannte ihn dort Niemand. Wenn die Mutter flüchtig des Sohnes erwähnte, so war es nur, um mitzutheilen, daß er avancirt sei, schon der so und so vielte Sekondelieutenant, darauf Premierlieutenant, dann Regimentsadjutant, zuletzt, daß er sogar zum Rittmeister à la Suite befördert sei. Er war reich und Stamm- und Erbherr; da hatte er eine rasche Carriere gemacht.

Allerdings waren vier volle Jahre darüber hingegangen.

Luise unterdeß? Die Baronin hatte ihr Wort gehalten und hatte dem jungen Mädchen, das täglich schöner, das zu einer selten gesehenen Schönheit wurde, immer ihre Liebe gezeigt, sie hatte es, wie zum Hause gehörig, behandelt. Aber die Liebe der Baronin von Bilau kam aus einem strengen Herzen und die Etikette in ihrem Hause war stets eine gemessene, die nie den Unterschied der Stände aus den Augen setzte. Dazu jene Rechnung.

Und die Frau von Bilau hatte weiter gerechnet, eigentlich ihre Rechnung abgeschlossen.

Auf ihren großen Gütern hatte sie einen Oberförfter, einen ſchönen, gebildeten, gewandten, jungen Mann von etwa dreißig Jahren, Brunner hieß er. Er gehörte zu ihren erſten Beamten, mit dem Juſtiziarius, der den Titel eines königlichen Juſtizraths führte, dem Prediger, der zugleich Kreis-Superintendent war, und dem Rentmeiſter der Güter.

Er machte Luiſen den Hof, und bald war eine heftige Leidenſchaft zu dem ſchönen, braven, liebens= würdigen Mädchen in ſeinem Herzen entbrannt.

Luiſe mußte ihn ſchätzen, achten. Sie konnte ſeine wachſende Neigung zu ihr ohne Unbehagen an= ſehen. Welches Mädchenherz freut ſich nicht wenig= ſtens im Stillen über die Zuneigung eines ſchönen, braven, in der Geſellſchaft geachteten Mannes? Nur Liebe fühlte ſie nicht zu ihm. Ihr Herz hatte vier Jahre lang alte Erinnerungen bewahrt, neben denen eine Liebe, eine — andere Liebe nicht aufkommen wollte.

Da wurde doch auf Schloß Bilau von dem jungen Baron in der Reſidenz geſprochen; nicht in Gegen= wart der Baronin, auch nicht des Oberförſters Brunner, aber zufällig nicht ſelten in der der Mamſell Luiſe.

Der junge Adel, beſonders die jungen Offiziere in der frommen Reſidenz Berlin, hatten gerade damals angefangen, ein etwas wildes, wüſtes Leben zu füh= ren. Sie ſcheuten ſich ſelbſt öffentlicher Roheiten und Exzeſſe nicht. Der Hofjäger, die Zelten, die Opern=

bälle, manche andere Orte und Gelegenheiten wußten viel davon zu erzählen.

Auf Schloß Bilau erzählte man es wieder, und daß der junge Herr bei den Geschichten eine Hauptrolle spiele, zu den Anführern der wüsten, rohen Gesellschaft gerechnet werde.

Und, daß auch Luise das Alles hören mußte, mochte wohl mit zu der Rechnung der Frau von Bilau gehören. Die Thatsache aber war wahr.

Luise hatte an ihre Tante nach Berlin geschrieben, und die alte Frau antwortete ihr: Es ist Alles so, mein Kind, wie sie es dir erzählt haben. Es ist noch Schlimmer. Die jungen Herren treiben es gar zu arg, und wo sie zu finden sind, da mag kein ordentlicher Bürger mit Frau oder Töchtern mehr hingehen. Der Herr von Bilau soll leider einer der schlimmsten unter ihnen sein. Ich habe ihn seit drei Jahren gar nicht mehr gesehen. Ach, wenn ich bedenke, wie gut und ordentlich er früher war! Aber böse Beispiele verderben gute Sitten. —

Das brachte wohl recht heftiges Weh in das Herz des armen Mädchens. Aber auch der heftigste Schmerz läßt nach, und in einem Mädchenherzen, das durch Rohheit verletzt wird, erwacht leicht ein gewisser Tr der selbst einen moralischen Grund hat. Luise ädlich. den Freund, den Geliebten ihrer Jugend auch eine Jahren nicht gesehen. Dagegen sah sie hre Augen, würdigen, allgemein geachteten Oberförster und fanden.

so eher erschien ihr jener als ihrer Liebe nicht mehr würdig und um so leichter erwarb sich dieser ihre Zuneigung und darauf ihre Hand.

Die Baronin von Bilau hatte ihren Zweck erreicht.

Sie war glücklich und übernahm die Ausstattung der Braut. Im Schlosse Bilau wurde die Hochzeit gefeiert. Und zu der Hochzeit durfte dann auch ihr Sohn Fritz endlich nach Hause kommen; er sah ja nur die schöne, freilich die fast wunderbar schöne Frau eines Anderen, und — er hatte an der Spitze jener wilden und wüsten Herren in der Residenz gestanden, er gehörte noch zu den ersten unter ihnen.

Die Hochzeit wurde an einem schönen Junitage gefeiert. Die Baronin hatte viele Gäste dazu geladen: ihre näheren Bekannten unter dem Adel der Umgegend; ihre sämmtlichen Beamten; die Verwandten des Bräutigams und der Braut. Auch die Eltern der Braut waren erschienen, der stattliche Müller Leuthold, und ihre Mutter, eine feine, stille und blasse Frau, die seit dem Verluste ihres Knaben durch jenes entsetzliche Verbrechen nie ihre frische Farbe und ihre frühere Munterkeit hatte wiedererlangen können. Die ?nte aus der Residenz, die Frau Beier, mußte fehlen; sie war durch Kränklichkeit zurückgehalten.

Trauung war des Mittags ein Uhr in der ⸗ Dorfes vollzogen. Um zwei Uhr war große ⸗hlosse; sie dauerte bis zum Abende.

Dann wurde getanzt, in einem in dem Schloßpark gelegenen großen Pavillon, den die Baronin zum Tanzsaale hatte herrichten lassen.

Der Tag war ein Freudentag; er blieb es bis zum späten Abend.

Nur die Baronin war zuweilen unruhig. Ihr Sohn, den sie eingeladen, der versprochen hatte zu kommen, war weder zur Trauung, noch zur Tafel, noch auch im Laufe des Nachmittags erschienen. Selbst als der Tanz begann, war er noch nicht da. Indeß, die Mutter konnte sich beruhigen. Ein Offizier kann allerlei Abhaltungen haben, in und außer dem Dienste. Wenn ihm ein Unfall zugestoßen sei, so hätte sie sicher Nachricht erhalten. Endlich, wenn er auch gar nicht erschiene, so zeigte das ja nur, wie sehr gleichgültig ihm die junge Frau geworden war, für die er früher jene ihr bedenkliche, selbst gefährliche Zuneigung empfunden hatte. Sie hoffte gleichwohl noch immer, daß er erscheinen werde. Sie sprach darüber mit ihren Gästen, und diese hofften mit ihr, den jungen Offizier, den reichen Gutsherrn zu sehen, den die Wenigsten kannten und von dem die Meisten so Vieles gehört hatten, Gutes und noch mehr Böses.

Die Braut, die junge Frau vielmehr, war glücklich. Sie mit ihrem jungen Gatten. Es war auch eine Freude, das schöne Paar zu sehen, wie ihre Augen, ihre Hände, ihre Herzen sich suchten und fanden.

Hatte Luise den Bräutigam nicht eigentlich geliebt, dem heute ihr angetrauten Gatten schien ihr Herz eine wie plötzlich entstandene zärtlichere Neigung entgegen zu tragen. So flogen sie, das schönste und glücklichste Paar im Saale, auch in den Reihen der Tanzenden dahin.

Der junge Baron wurde erwartet, die junge Frau konnte ihn mit Ruhe in ihrem Herzen erwarten.

Es war zehn Uhr Abends. In dem Tanzsaale entstand eine Bewegung.

„Der junge Herr ist so eben angekommen," hieß es. „Der Herr Rittmeister! der gnädige Herr!"

Er war der rechte Gutsherr hier. Er war als solcher noch nie hier gewesen.

Die Thür des Saales wurde von einem Bedienten weit aufgerissen.

Der Tanz hörte auf.

Die Baronin hatte sich in der Mitte des Saales aufgestellt, ihn zu empfangen. Neben ihr stand das Brautpaar; auf der andern Seite der eingeladene Adel; hinter ihr die Beamten. Die anderen Gäste waren gespannte Zuschauer.

Der junge Baron trat in den Saal.

Er war ein bildschöner Mann, er wäre es auch ohne die reiche, knappe Uniform der Rittmeister de Garde-Dragoner gewesen. Das wilde Leben hatte n diesen kräftigen Körper, in dieses blühende Gesct keine Spuren eingraben können.

Er umarmte die Mutter und sie küßte ihn zärt-
lich und stolz.

Er begrüßte das Brautpaar, auch die — Braut,
die junge, jungfräuliche Braut.

Seine Augen und sein Gesicht erglühten.

Das war eine vollendete Schönheit. Was war
seine Mannesschönheit gegen diesen Wuchs, gegen
diesen Nacken, gegen dieses so edel geschnittene, von
der zartesten Anmuth übergossene Antlitz?

Sein erglühendes Auge fiel wie plötzlich drohend
auf den Bräutigam an ihrer Seite.

Er sah einen schönen, sehr schönen Mann.

„Aber — Du? Du sollst sie besitzen?" rief sein
drohender Blick.

Sie war dennoch erbleicht, als sie ihn wiedersah,
ihn, den schöneren, den hohen Mann, der der Geliebte
ihrer ersten Jugend gewesen war. Nur auf eine Secunde war die Farbe aus ihrem Gesichte entwichen.

Er hatte es gleichwohl bemerkt und sein Auge
blitzte noch einmal auf, diesmal triumphirend.

Er mußte weiter begrüßen, aber es geschah kalt,
ruhig, glatt. Nicht umsonst war er der Führer jener
adlichen Jugend der Residenz.

Der Tanz hatte wieder begonnen, das Brautpaar
tanzte zusammen.

Die junge Frau, als wenn sie sich hätte strafen
wollen für jenes plötzliche Erblassen und dessen Grund,
den tiefen Stich, der ihr wohl unwillkürlich durch das

Herz gefahren war — sie hatte sich inniger an den Mann ihrer Wahl und ihrer Pflicht und auch ihres Herzens, angeschlossen. Mit herzlicherer Liebe sah sie zu ihm auf, und der Oberförster strahlte in seinem Glück. Jene Blicke des jungen Barons, seines Guts-herrn, hatte er nicht gesehen, weder den drohenden, noch den triumphirenden. Er hatte in seinem Glücke auch ferner auf ihn nicht geachtet. Die Braut wollte wohl nur ihren Bräutigam sehen.

Der Baron beobachtete sie Beide darum nicht we-niger, und eine wilde Gluth ergriff und erfüllte mehr und mehr sein ganzes Wesen. Er konnte sie nur mit Mühe verbergen, aber er konnte es.

Er war zu dem Paare herangetreten.

„Darf ich um den nächsten Tanz bitten, schöne junge Frau?“ hatte er leicht scherzend gebeten. „Es ist lange Zeit her, das wir nicht zusammen getanzt haben.“

Sie hatte ihn den Tanz bewilligt.

Es war natürlich, daß der Gutsherr mit der Braut tanzte, auch wenn sie nicht frühere Bekannte gewesen wären.

Der junge Gatte hatte sich geschmeichelt gefühlt.

Der Gutsherr stand mit der Braut obenan in der Reihe, den nächsten Tanz mit ihr beginnend.

Es war doch ein schöneres Paar, als das Braut-paar. Der junge Offizier war schöner als der Bräu-tigam, und welcher Adel in seiner Haltung, welche

Gewandtheit und Vornehmheit in allen seinen Bewe=
gungen. Er war schöner, und seine Schönheit hob
die seiner Tänzerin.

Und diese feine Taille hielt sein Arm umschlungen;
diesen Nacken berührte seine Hand; dieser Busen klopfte
an seiner Brust; diese Rosenwangen, diese Lippen. —

Der Baron erblaßte, er jetzt, vor einem Gedanken,
vor einem entsetzlichen Gedanken, der auf einmal in
ihm aufgestiegen war. Dunkle Gluth überzog dann
sein Gesicht, und seine Augen glühten wild. Dann
war er ruhig, und der entsetzliche Gedanke erschreckte
ihn nicht mehr. Er war schnell zum Vorsatze, zum
ausgearbeiteten Plane in ihm geworden.

„Madame, ich habe Ihnen etwas mitzutheilen.“

„Sie mir, Herr Baron?“

„Es ist etwas Ernstes, Wichtiges; aber kein Mensch
darf es nur ahnen.“

„Aber was ist es?“

„Darum lassen Sie uns vor allen Dingen den
Tanz nicht unterbrechen, und nehmen wir die gleich=
gültigsten oder vergnügtesten Mienen von der Welt
an. Wer uns sieht, muß nur plaudernde Tänzer in
uns sehen.“

„Herr Baron, Sie erschrecken mich.“

„Ah, sehen Sie? Sie würden die Herrschaft über
sich verlieren. Ich muß es Ihnen an einem andern
Orte sagen. Aber es ist dringend, Sie müssen es in
der nächsten Stunde wissen.“

Je weniger er, nach seinen Worten, sie hatte er=
schrecken wollen, desto erschrockener war sie.

„Wen betrifft es?" fragte sie zitternd.

„Sie, Ihr Glück!"

„Und weiter?"

„Luise, ich besaß einst Ihre Freundschaft, Ihr
Vertrauen."

„Um Gotteswillen, was ist es?"

„Können Sie noch Ihren Freund in mir sehen?
Können Sie mir noch Ihr Vertrauen schenken?"

„Ich beschwöre Sie, Herr Baron, was haben Sie
mir zu sagen? Was ist es?"

„Es betrifft das Glück Ihres Lebens."

„Und noch in der nächsten Stunde muß ich es
wissen?"

„Ja."

„Es betrifft meinen Mann!"

„Luise, haben Sie Vertrauen zu mir?"

„Es betrifft meinen Mann? Ich beschwöre Sie."

„Ja, es betrifft ihn. Und ich muß es Ihnen sagen, noch heute Abend. Aber es kann hier nicht geschehen. Sie sind schon jetzt leichenblaß geworden.
Kann ich Sie im Park sprechen?"

„Draußen im Park?"

„In einer halben Stunde."

„Mein Gott!"

„Sie müssen allein und ohne Aufsehen den Pa=
villon verlassen; hinten rechts am Schwanenweiher

werde ich auf Sie warten. Ich kenne Park und Weiher noch aus meinen Knabenjahren. Hinter dem
Weiher ist ein Boskett, dort werden wir ungestört
sein. — Sie antworten mir nicht, Luise?"

„Darf mich Niemand begleiten?" fragte sie zö-
gernd. „Nicht meine Mutter, mein Vater?"

„Ach, Luise, Sie vertrauen mir nicht. Dann
habe ich kein Wort zu Ihnen gesprochen; denn was
ich Ihnen sagen könnte, setzt das unbedingte Vertrauen
in einen treuen Freund voraus. Darf ich Sie zu
Ihrem Platze zurückführen?"

Die arme Frau war auf den Tod geängstigt.

„Es betrifft meinen Mann?" wiederholte sie.

„Ja, Madame."

„Und ich muß es erfahren?"

„Das Glück Ihres Lebens hängt davon ab."

„Und heute noch, in dieser Stunde muß ich es
wissen?"

„Sonst wäre es zu spät."

„O mein Gott! — Ich komme, Herr Baron; ich
vertraue Ihnen."

„Ah! Sie dürfen es. In einer halben Stunde
folgen Sie mir, nicht früher. Nicht der leiseste Verdacht darf gegen Sie aufkommen, daß Sie sich mit
mir entfernt haben könnten; ich werde deshalb den
Saal schon jetzt gleich verlassen und von meiner Mutter mich unter dem lauten Vorwande verabschieden,

daß ich von der Reise ermübet sei unb ein paar Stünbchen auszuruhen wünschte."

„Es sei," sagte sie.

Sie war in ihrem Herzen für bie Rücksicht bank-bar, bie er selbst auf ihren Ruf nahm.

Er führte sie auf ihren Plaz zurück. Darauf verabschiebete er sich von seiner Mutter leichthin, unb verließ etwas angegriffen ben Saal.

Die Braut hatte sich gesammelt; sie tanzte weiter; auch mit ihrem jungen Gatten. Sie war nur etwas zerstreuter, träumerischer, was man natürlich fanb.

Pünktlich nach einer halben Stunbe verließ sie den Saal, ben Augenblick wahrnehmenb, da Alles tanzte. Ihr Bräutigam hatte sich ungefähr fünf Minuten vorher entfernt. So achtete man um so weniger auf sie, kein Einziger der Anwesenben hatte ihr Fortgehen bemerkt.

Sie trug das schneeweiße seibene Brautkleib, in bem sie getraut war unb über basselbe hatte sie einen gegen die Nachtluft schützenben Shawl geworfen. Ihr schönes, reiches, glänzenb schwarzes Haar schmückte noch ber bräutliche Myrthenkranz.

So trat sie aus bem Pavillon in ben Park.

Von bem Pavillon zum Schlosse führte eine Allee, bie festlich unb hell burch farbige Lampen erleuchtet war. Nach allen anbern Seiten bes Pavillons war es bunkel; in ber tiefsten Finsterniß lag auch weiter-hin, so weit das Auge reichte, ber ganze Park ba.

Die junge Frau war unmittelbar aus der Thür des Pavillons seitab in das Dunkel getreten, Niemand hatte sie gesehen, denn es war menschenleer draußen.

Dies beruhigte sie. Es setzte sie gleich darauf wieder in eine Unruhe, die ihr selbst unerklärlich war.

Sie mußte in die dichte Finsterniß des Parks hineingehen, ganz allein. Sie mußte, denn es galt ihr Glück, ihren Mann. Und es war ja ein Freund, zu dem sie sich begab. Der Freund ihrer Kindheit, ihrer Jugend, den sie geliebt, der sie wieder geliebt hatte, der ein Edelmann, der ihr Herr, ihr natürlicher Beschützer war. Er war in neuerer Zeit wild, wüst geworden. Wo er anzutreffen war, da ließ sich kein ehrbarer Bürger mit Frau oder Tochter sehen. Aber, wenn sie auch daran dachte, sie mußte zu ihm; es galt ihr Glück, ihren Mann.

Sie ging in die Finsterniß des Parks, fester in ihren Shawl sich wickelnd, ging sie entschlossen, rasch voran.

Ein gewundener Weg durch ein Boskett führte sie auf einen freien Platz. Da lag schon der Schwanenweiher vor ihr. Er hatte eine Breite von hundert, eine Länge von hundertundfunfzig Schritten. Sie stand vor der Breite, drüben am andern Ufer rechts, wartete der Baron auf sie.

Es herrschte in der dichten Finsterniß die tiefste

Stille um sie her. Kein lebendes Geschöpf begegnete
ihr, kein Laut wurde von ihr vernommen.

Sie ging muthig voran, erreichte das jenseitige
Ufer des Weihers und stand vor dem Boskett, das
dort vorsprang.

„Sie sind es, Luise?“ flüsterte eine Stimme neben ihr.

Es war der Baron.

„Ich bin Ihnen gefolgt.“

„Sprechen Sie leise. Ich hörte vor einigen Minuten Menschen. Sie können zurückkehren. Gehen
wir um der Sicherheit willen lieber in das Boskett
hinein. Darf ich um Ihren Arm bitten?“

Er sprach Zutrauen erweckend, und bot ihr fast
ehrerbietig seinen Arm; sie nahm denselben an und
folgte ihm, wohin er sie führte.

Er führte sie durch das Boskett.

„Wohin gehen wir?“ fragte sie doch.

„Wir werden gleich in völliger Sicherheit vor jedem lauschenden Ohre sein.“

„Wären wir es nicht schon hier?“

„Noch wenige Schritte!“

Weiter gehend, standen sie an einem Fahrwege,
der durch den Park, und aus dem Park in die weit
hinter diesem sich ausdehnenden Gutswaldungen
führte.

Zehn Schritte von ihnen schien zwischen den Bäu-
men, die den Weg einfaßten, sich etwas zu bewegen.

„Was war da?" fragte die geängstigte Frau.

„Nichts."

Ein Pferdehuf scharrte.

„Um Gotteswillen!"

Sie wollte sich von seinem Arme losreißen.

„Luise!" rief der Baron und hielt sie fest.

„Lassen Sie mich los!"

„Luise, ich liebe Sie, ich bete Sie an."

„Lassen Sie mich los! Elender! Hülfe!"

Sie konnte das Wort nicht zum zweiten Male rufen; er hatte sie mit seinen kräftigen Armen umfaßt, hielt ihr den Mund zu, hob sie auf und trug sie fort.

Zehn Schritt von ihm hielt ein Wagen, dessen Schlag offen stand.

Er trug sie in den Wagen und zu ihr hineinspringend, rief er dem Kutscher, der auf dem Bocke saß, zu: „fort!" und schlug die Wagenthür zu.

Der Wagen flog durch die dunkle Nacht in den Wald hinein.

An einzelnen, einsamen, verborgenen Stellen des Waldes befanden sich kleine Einsiedeleien. Der vorige Besitzer von Bilau hatte sich gern darin aufgehalten, auf der Jagd, bei anderen Gelegenheiten. Sie standen unbewohnt, aber immer bereit, Bewohner aufzunehmen. — — —

In dem Pavillon des Schloßparks war man munter und fröhlich geblieben.

Der Oberförster hatte den Saal fünf Minuten vor seiner jungen Frau verlassen.

Nach einer halben Stunde kehrte er zurück. Er hatte in seiner Wohnung, die in der Nähe des Schlosses lag, selbst nachsehen wollen, ob zu dem Empfange der Gattin Alles festlich bereit sei. Er hatte seine Freude an den Anordnungen gehabt, den Laubgewinden über der Hausthür, dem Blumenschmuck im Vorhause, den frischen Rosen in den Stuben; er hatte verbessert, neu geordnet; er war glücklich.

Mit seinem Glücke im Herzen und im Gesichte trat er in den Saal ein; seine Augen suchten die Braut, ihr sein Glück mitzutheilen. Sie war nicht da. Er suchte sie im ganzen Saale, in den Nebenzimmern, sie war nirgends. Er fragte nach ihr, bei den näheren Bekannten, dann bei Jedermann. Niemand wußte von ihr; Keiner hatte sie den Saal verlassen sehen.

„Wir meinten, sie müsse mit Ihnen gegangen sein." Das war die Antwort, die er von allen Seiten erhielt.

Er wurde unruhig. Eine halbe Stunde war er fort gewesen; seit so langer Zeit war also auch sie fort. Wohin konnte sie gegangen sein? wo konnte sie so lange verweilen?

„Im Schlosse, suchte er sich zu beruhigen, von ihrem Stübchen, das sie vier Jahre bewohnt hat, das sie jetzt verlassen muß, wird sie Abschied nehmen. Sie kann sich nicht sogleich von ihm trennen."

Er wartete.

Es verging eine halbe Stunde, sie kam noch im=mer nicht wieder: Und nun war sie schon seit einer ganzen Stunde fort.

Er ging zum Schlosse. Auch dort hatte Niemand sie gesehen. Er ließ durch ein Dienstmädchen sich zu ihrer Stube führen. Die Stube war verschlossen. Er klopfte an die Thür. Er erhielt keine Antwort. Er rief durch die verschlossene Thür in die Stube hinein: „Luise, bist Du hier?" Er rief es wiederholt. Es kam keine Antwort. Nichts regte sich jenseits der Thür. Sie war auch nicht in ihrem Stübchen.

Wo konnte sie sein?

Der Angstschweiß trat ihm auf die Stirn.

Er eilte zu dem Pavillon, in den Tanzsaal zurück. Sie war noch immer nicht wieder da. Kein Mensch wußte von ihr.

Man sah seine Unruhe, seine Angst.

Sie theilten sich weiter mit, seinen Freunden, den Eltern der Braut, der Baronin. Auch ihr.

Einen Augenblick erschrak sie. Dann rief sie ihren vertrauten Kammerdiener herbei.

„Sieh nach, ob mein Sohn in seinem Zimmer ist," sagte sie leise zu ihm. „Sei diskret."

Der alte Mann wußte schon, was sie meinte. Er wußte wohl viel.

5 *

Nach zehn Minuten kam er zurück. Sein Gesicht sagte nichts, seine Lippen hatten desto mehr in das Ohr seiner Gebieterin zu flüstern.

„Der Herr Baron ist nicht da. Er ist nur einen Augenblick dort gewesen, seinen Mantel zu holen. Mit diesem ist er in den Park gegangen. Aber gleichzeitig hat sein Kutscher, den er von Berlin mitgebracht, anspannen und fortfahren müssen.“

„Wohin?“ fragte die Baronin.

„Das weiß man nicht.“

„Wann ist das gewesen?“

„Vor stark einer Stunde.“

„Du schweigst!“

Sie war von Neuem erschrocken, heftiger als das erste Mal; aber sie wußte sich zu fassen. Es war ein Unglück geschehen; sie konnte nicht mehr daran zweifeln und zweifelte nicht mehr daran. Es war ein schweres Unglück. Aber sie war die Frau, die sich auch in ein schweres Unglück finden konnte, zumal wenn es mehr Andere als sie betraf.

Die Sache muß nur mit Anstand und ohne Eclat wieder gut gemacht werden. Und dazu wird sich ja Rath finden.

Sie trat zu der Mutter der Braut.

Der Tanz hatte aufgehört, die Musik im Saal schwieg. Die meisten Gäste hatten sich zerstreut. Man durchsuchte, der Bräutigam und der Vater der Braut an der Spitze, mit Fackeln und Laternen den Park.

Wo anders konnte man sich die Verlorene denken, wenn sie nicht im Pavillon und im Schlosse war?

Die Frau Leuthold, die blasse, kränkliche Frau, konnte in ihrer Angst sich kaum aufrecht halten.

Die Baronin tröstete sie herablassend.

„Will Sie nicht in Ihr Stübchen gehen, liebe Frau, das im Schlosse für Sie hergerichtet ist? Sie ist angegriffen. Sie wird dort schlafen und sich erholen. Ihre Tochter findet sich unterdeß wieder.“

„Wie könnte ich schlafen, gnädige Frau Baronin?“

„Aber Sie kann dort mit mehr Ruhe die Rückkehr Ihrer Tochter oder Nachrichten von ihr erwarten.“

Das war richtig, und die Frau sah es ein.

Sie ließ sich durch einen Bedienten zum Schlosse führen.

Der Baronin war ein Stein vom Herzen gefallen. Aber noch Manches drückte sie.

Wohin hatte ihr Sohn die Verlorene, die Gattin eines Anderen, entführt? Wie war dem ersten Sturme über die Nachricht von der Entführung zu begegnen? Das Weitere alsdann machte ihr freilich geringere Sorge. Und jenes — sie mußte es vor der Hand mit Ruhe abwarten.

Ihrem Kammerdiener den Befehl hinterlassend, sie sofort zu benachrichtigen, wenn etwas vorfalle, begab sie sich ebenfalls in ihr Schlafgemach. Ob sie schlafen konnte? Vielleicht —

Im Park hatte man vergeblich gesucht, auch in dessen näherer Umgebung, aber nicht die geringste Spur war aufgefunden. Die Suchenden waren zurückgekehrt.

Mitternacht war vorbei. Drei Stunden waren vorüber seit dem Verschwinden der Braut. Die Gäste hatten sich erschrocken von dem gestörten Feste längst nach Hause begeben, um so erschrockener, je räthselhafter ihnen das Ereigniß war, je weniger sie nur eine Ahnung von dem hatten, was geschehen sein könne.

Der junge Baron? Einige dachten wohl an ihn. Aber man hatte nichts gesehen, und Keiner sprach aus, was er dachte.

Der Gatte und der Vater der Vermißten waren nicht zurückgekehrt. Sie suchten noch, im Parke, an den Weihern, in weiterer Entfernung. —

Es war zwei Uhr Morgens geworden, der Tag begann zu grauen.

Der alte Kammerdiener weckte die Baronin:

„Gnädige Frau, sie ist wieder da."

„Wo?"

„Ihr Vater, der sie gefunden haben muß, kommt so eben mit ihr an und bringt sie zu ihrer Mutter."

„Und mein Sohn?"

„Der Kutscher ist vor einigen Minuten mit den bloßen Pferden zurückgekommen. Der Herr Baron sind mit Extrapost nach Berlin gereist."

„Gut." —

Die Frau Leuthold lag in dem Stübchen im Schlosse. Angekleidet hatte sie sich auf das Bette gelegt. Sie hatte nicht geschlafen, sie brauchte man nicht zu wecken.

Die Thür der kleinen Stube öffnete sich, ihr Mann trat ein, mit ihm die Tochter, die verlorene Tochter.

Der Müller war still, gebeugt, bleich zum Entsetzen.

Und die Tochter?

Als die Mutter ihr Kind sah — sie hatte sich auf dem Bette aufgerichtet — fiel sie ohnmächtig zurück.

„Sie stirbt", rief der Müller.

„Möchte sie sterben", sagte die Tochter. „Besser, daß sie stirbt, als daß sie mich noch einmal sieht."

Sie warf sich dennoch über die Ohnmächtige und umfing sie; aus ihren Augen stürzten Thränen. Als sie in die Stube trat, hatten die Augen trocken und heiß sie gebrannt.

„O Mutter, Mutter, könnte ich mit dir sterben!"

Sie legte das heiße, weinende Gesicht an das kalte, blasse, der Sterbenden.

Der Oberförster Brunner, der Bräutigam, der Gatte, war in das Zimmer getreten. Er hatte gehört daß sie wieder da sei.

Leise schritt er auf das Bett zu und faßte ihre Hand.

Sie sah auf; sie sah ihn; aber seine Hand von sich stoßend, verbarg sie ihr Gesicht vor ihm.

„Zurück!" rief sie, „rühre mich nicht an. — Du darfst es nicht. — Wir sind geschieden. Für immer."

Die Mutter hatte die Augen aufgeschlagen.

„Lebst Du, mein Kind?" sagte sie.

„Um zu sterben, Mutter. Ich bin eine Verlorene Jener Elende. —

Die Mutter wußte Alles, der Blick ihres Mannes bestätigte es ihr.

Auch der Oberförster wußte es jetzt.

Noch einmal öffnete sich die Thür des Stübchens. Die Baronin trat ein.

Ihr Gesicht war ernst, finster, stolz, hart. Bei wichtigen Ereignissen des Lebens tritt die eigentliche Natur des Menschen klar und entschieden heraus.

Sie wußte längst, was geschehen war, und sie glaubte, in ihrer Hand zu haben, was weiter geschehen müsse.

Sie ging zu dem Bette.

„Es ist eine unglückliche Begebenheit", sagte sie, „aber sie läßt sich ja wieder gut machen."

Da trat der Müller vor sie.

„Wie wollten Sie das wieder gut machen, Frau Baronin?"

„Nun, wir werden kein Opfer scheuen. — Wir sind reich."

Die unglückliche Tochter fiel ohnmächtig neben der sterbenden Mutter nieder. — — — —

Luise hatte mit ihren Gatten sich nicht vereinigen können.

Sie kehrte mit ihren Eltern in das väterliche Haus, in die Mühle am schwarzen Moore zurück. Dort blieb sie für immer. Ihre Mutter mußte sie schon nach wenigen Wochen begraben; die kränkliche, schwache Frau hatte von dem furchtbaren Ereigniß sich nicht wieder erholen können. Die ältere Schwester wurde die Mutter und Erzieherin ihrer jüngeren Schwester, die zur Zeit jener Begebenheiten ein Kind von dreizehn Jahren war.

Der Oberförster Brunner hatte seinen Dienst auf den Bilauschen Gütern verlassen und war mit seinem Vermögen zu seinem Vater gezogen, einem Steuerbeamten in einer entfernteren Provinz.

In der ersten Zeit hatte er seine Gattin wiederholt, vielfach gebeten, zu ihm zurückzukehren; schriftlich, denn alle seine Bitten und Versuche, sie mündlich zu sprechen, hatte sie zurückgewiesen. Sie blieb entschieden dabei, von ihm getrennt zu leben. Sie beschwor ihn, sich auch gerichtlich von ihm scheiden zu lassen. Er mußte zuletzt in jenen ihren Willen ehren. Aber zu einer Scheidung konnte er sich nicht entschließen.

Er kränkelte überdies. Auch er war von einem zu schweren Schlage getroffen. Nach vier Jahren war er gestorben.

Luise war Wittwe.

Und der Baron Bilau?

Die Sache war doch nicht mit Gelde abzumachen gewesen, wie die Baronin gemeint hatte.

In jener Zeit galt in Preußen vor Allem das Recht, und das Recht fand strenge und gerechte Richter, und von oben her beugte man es nicht.

Die Preußischen Richter sahen die unglückliche Begebenheit, von der die Frau von Bilau gesprochen hatte, als ein schweres Verbrechen an, und verurtheilten den Baron Fritz von Bilau zu einer zwanzigjährigen Festungsstrafe. Das Urtheil, von dem Kriegsgerichte erlassen, mußte, da der Verurtheilte Offizier war, von dem Könige bestätigt werden. Der König bestätigte es, mit dem Bedauern, daß es nicht strenger ausgefallen sei.

Der Verurtheilte mußte seine Strafe in der Festung Spandau antreten.

Seine Mutter, seine andern Verwandten, seine Freunde und Gönner verwendeten sich zu wiederholten Malen für ihn beim Könige und baten um seine Begnadigung. Der König wies jedesmal strenge die Bittenden ab.

Das war es, was die unglückliche Frau an jenem Abende ihrer Schwester Charlotte erzählte.

Ein Fremder.

„Und jetzt, Luise? Die entsetzliche Frau war bei Dir!"

„Sie war bei mir und verlangte von mir, daß ich den König um die Begnadigung ihres Sohnes bitten solle. Unter dieser Bedingung habe der König sie versprochen."

„Und Du? Auch Du hast sie zurückgewiesen?"

„Konnte ich anders?"

„Nein, Du konntest nicht. Ich habe einige Male gelauscht. Verzeihe es mir. Sie bot Dir wieder Geld!"

„Sie boten wieder Geld!"

„Aber sie sprach auch noch andere Worte, und darauf hörte ich Dich weinen, so bitterlich, es schnitt mir in das Herz."

Die unglückliche Frau konnte auch der Schwester nicht antworten.

„Arme Luise! Du hast ihn geliebt, und wen man einmal liebt — O, ich könnte Stephan nie vergessen. Und noch siebenzehn Jahre muß er in dem schrecklichen Spandau sitzen! Aber Du konntest doch nicht anders. Nein, Du konntest nicht, wenn sie Dir auch nicht wieder das Geld angeboten hätten."

Die mitleidige Schwester weinte mit der unglücklichen.

Sie wurden durch ein lautes Pochen an die Hausthür aufgeschreckt.

„Was mag das wieder sein?" sagte die jüngere
Schwester. „Der schreckliche Abend ist auch so un-
ruhig. Der Vater und Stephan haben etwas. Vor-
hin sah ich sie mit der Laterne aus dem Hause gehen.
Sie blieben lange fort. Stephan sagte mir nachher
nur, sie seien am Damme gewesen, ob da Alles in
Ordnung sei. Er sah dennoch so besorgt aus. —
Jetzt höre ich fremde Männerstimmen, die mit dem
Vater sprechen."

Sie war in die Thür des Stübchens getreten, um
nach unten zu horchen. Sie war neugierig, das sie-
benzehnjährige Kind. Sie trat aus der Thür hinaus
und ging die Treppe hinunter; doch kam sie zu spät,
um zu hören, was vorging. Die Hausthür wurde
gerade wieder zugemacht und ihr Vater kehrte in die
Wohnstube zurück.

Aber sie hatte auch einen andern Schritt gehört,
als den ihres Vaters, und ein Anderer hatte den ihrigen gehört. Die Liebe hat ein scharfes Ohr.

Auf der Mitte der Treppe stand sie mit dem hübschen Knappen Stephan zusammen.

Der Bursch schien freilich Eile zu haben in Man-
cherlei.

„Einen Kuß, Charlottchen."

„Oho, nicht so haftig, mein Freund."

„Ich habe nicht viele Zeit."

„So? Und was habt Ihr denn vor?"

„Nichts, nichts."

„Und doch so eilig?"

„Ich kann es Dir nicht sagen."

„Aber ich will es Dir nicht sagen."

„Aber ich will es wissen."

„Ich muß nur mit Deinem Vater irgendwohin."

„Und wohin?"

„Nur zum Damme."

„Zum Damme? Schon zum zweiten Male? Und so eilig? Was giebt es denn da?"

„Nichts, mein Kind. Gottlob nichts. Aber bei solchem Wetter kann man nicht vorsichtig genug sein."

„Und was war eben da unten an der Thür?"

Der Knappe wurde verlegener. Die Kleine wurde desto neugieriger.

Eine volle Neugierde erhält das halbe Geständniß; die der Liebe beinahe das ganze.

„Zwei Reiter," konnte der Knappe nicht leugnen.

„Was für Reiter?"

„Es waren Gensdarmen."

„Was wollten sie?"

„Sie suchten Jemanden."

„Wen konnten sie bei uns suchen?"

„Einen Menschen, der —

„Nun, was zögerst Du?"

„Der aus Spandau entwichen sei."

„Mein Gott —! aus der Festung?"

„Es muß doch wohl. Spandau ist ja eine Festung."

Nannten sie seinen Namen?"

„Nein,"

„Sagten sie auch sonst nichts von ihm? Beschrieben sie ihn nicht?"

„Sie sagten nur, daß sie einen Menschen suchten, der aus Spandau entflohen sei, und fragten, ob wir keinen verdächtigen Menschen gesehen hätten."

Der Knappe konnte das mit voller Wahrheit sagen. Charlotte war dennoch mißtrauisch.

Du verschweigst mir etwas."

„Gewiß nicht."

„Warum sähest Du denn so ängstlich aus?"

„Ich sehe nicht ängstlich aus."

„Und warum wären denn die Gensdarmen gerade hierher gekommen?"

„Sie sagten freilich, sie hätten Grund zu vermuthen, daß der Entsprungene sich hierher gewendet habe."

„Ah, siehst Du?"

„Aber den Grund selbst gaben sie nicht an. Dagegen sagten sie auch, die Gensdarmerie sei im ganzen Lande auf den Beinen nach dem Menschen."

Das Mädchen zitterte unwillkürlich.

Gensdarmen, die einem armen, von der Festung
Entflohenen nachsetzen — der Gedanke hat für jeden
Menschen etwas Unheimliches. Sie hatte ihn zudem
mit einer bestimmten Persönlichkeit in Verbindung ge=
bracht, bringen müssen, ohne alle äußere Veranlassung,
und doch aus so nahe liegenden psychologischen Grün=
den. Und der Mann, an den sie dachte, sollte noch so
viele Jahre auf der Festung sitzen. Und ihre Schwester
hatte ihn geliebt. Und liebte sie ihn nicht noch? Und
jetzt war er frei, frei, um wieder eingefangen zu
werden?

„Der arme Mensch!" rief sie aus.

„Der arme Mensch?" fragte entsetzt der Knappe,
der an den gefährlichen Verbrecher Brandstätter und
dessen Rache dachte.

„O gewiß, Stephan, und wenn Du ihn sehen
solltest, verrathe ihn nicht, liefere ihn nicht an die
Gensdarmen aus."

„Aber Charlotte, was hast Du mit dem Menschen?"
wollte der Knappe fragen.

„Stephan!" rief von unten die Stimme des Mül=
lers.

Die Liebenden flogen auseinander.

„Sage dem Vater nichts," konnte sie nur noch
flüstern.

„Hier, Meister!" rief der Knappe.

„Was machst Du da oben?"

„O, nichts —

„Na, komm nur. Es ist gleich zehn Uhr; wir müssen noch einmal zum Damme!"

„Ich komme, Meister."

Charlotte war auf der Treppe stehen geblieben, um vom Vater nicht gehört zu werden und selbst zu horchen. Die Bewegung des Abends war ihr doch eine ungewöhnliche, was sie hörte, sollte sie indeß nur noch neugieriger machen, ohne ihr Licht zu bringen.

Der Vater war in die Stube zurückgekehrt.

Stephan hatte sich in die Küche begeben, die unten hinter der Stube lag. Alsbald kam er mit einer Laterne zurück, die er dort angezündet hatte.

„Ich bin fertig Meister," sagte er in die Stube hinein.

Der Müller kam aus der Stube, Beide gingen dann nach der Hausthür.

In demselben Augenblicke, in dem der Müller die Thür öffnete, rief er halblaut:

„Was ist denn das?"

Unmittelbar darauf lief Jemand eilig fort, vom Hause her, nach dem Damme hin. Er mußte am Hause gestanden haben, der Müller mußte beim Oeff= nen der Thür fast unmittelbar auf ihn gestoßen sein.

„Der Brandstätter!" rief der Müller, und er rannte dem fortlaufenden Menschen nach.

„Der Brandstätter?" rief auch das horchende Mädchen, und es überlief sie eiskalt. Sie kannte den Mann, sie kannte das frühere Verbrechen, sie theilte längst die Furcht vor der Rache des Menschen, wenn er einmal wiederkehre.

Und der rachsüchtige Verbrecher war der Entflohene aus Spandau.

Und dem gefährlichen Menschen setzte ihr Vater nach, allein, in die dunkle, stürmische Nacht.

Warum bleibt Stephan zurück?

Stephan! wollte sie rufen. Da hörte sie wieder etwas Anderes.

Ein flüchtiger, eiliger Schritt nahete sich dem Hause, von der anderen Seite, aus der Schlucht in dem Mühlenwege.

Ihn mußte auch der Knappe gehört haben, er mußte durch ihn aufgehalten sein.

Aber auf einmal war der Schritt verschwunden. Er war nicht herangekommen.

Dagegen sprengte im Galopp ein Pferd heran, gleichfalls von der Schlucht her. Es hielt bei dem Knappen. Ein Säbel klirrte laut, als das Pferd plötzlich parirt wurde.

Schon wieder ein Gensdarm! mußte das Mädchen denken.

„Ist hier in diesem Augenblicke Jemand vorbeigerannt?" fragte die Stimme des Reiters den Knappen.

„So eben."

„Wohin?"

„Dort links, am Damme hin, die Heide hinauf, der Meister setzt ihm schon nach!"

Der Reiter, es konnte nur ein Gensdarm sein, hatte

schon wieder seinem Pferde die Sporen gegeben. Das
Pferd flog im Galopp fort, in der Richtung hinter
dem Müller und dem von ihm Verfolgten, den er für
den Brandstätter gehalten hatte.

Der Knappe hatte noch immer mit der Laterne in
der Thür gestanden. Dann verließ er sie und ging
nach rechts, dorthin, wo der flüchtige, eilige, nicht ganz
herangekommene Schritt sich verloren hatte.

„Was mag er wollen?" fragte sich das Mädchen.

Sie schwankte, ob sie ihm schützend, helfend nach-
gehen solle. Dem Vater war der Gensdarm zum
Schutze nachgeeilt.

„Charlotte!" rief über ihr die Stimme der Schwester, „Charlotte, was war da? ich hörte ein Pferd
davon sprengen.

„Die Arme!" sagte das Mädchen. Sie würde
sich todt ängstigen, wenn ich sie allein ließe. Der
Stephan wird sich schon helfen, er hat Muth und
Kraft. Aber was sage ich ihr?"

„Ich komme, Louise," rief sie der Schwester zu.
Darauf stieg sie die Treppen hinauf und kehrte zu der
Schwester in das Stübchen zurück.

„Aber wie siehst Du aus, Charlotte? Du bist
leichenblaß! Du zitterst! Was ist vorgefallen? Wer
war da draußen?"

„Ein Gensdarm!" sagte das Mädchen, und sie
suchte es mit den bebenden Lippen so gleichgültig wie
möglich zu sagen.

„Ein Gensdarm? Und er hat Dir solchen Schreck eingejagt?"

„Er setzte Jemandem nach, das ängstigte mich."

„Und wo ist der Vater?"

„Er war schon hinter dem Menschen hergerannt."

„Hinter wem? Mädchen, was ist vorgefallen? Wem setzten sie nach? Hinter wem sind sie hergerannt?"

Den gefürchteten Namen Brandstätter wagte das Mädchen nicht auszusprechen.

„Einem Gefangenen, der aus Spandau entflohen ist," sagte sie.

Der Name Brandstätter hätte nicht mehr erschrecken können.

„Bilau! Fritz!" rief die auf den Tod erbleichende Frau.

Er lag ihr noch näher, als dem Mädchen, so viel, so viel näher. Wie hätte nicht auch sie zuerst nur an ihn denken sollen.

Das Mädchen wollte, mußte jetzt den Namen Brandstätter aussprechen. Indeß wurde sie daran gehindert.

Leise wurde an die Thür des Stübchens geklopft, unmittelbar darauf geöffnet.

Die Schwestern wollten erschrocken zurückfahren.

Der Knappe Stephan sah durch die Thür.

„Auf einen Augenblick, Jungfer Charlotte."

Sie trat zu ihm hinaus.

6*

„Was giebt's?"

„Sprich leise, daß Deine Schwester es nicht hört."

„Was giebt es denn?"

„Der Mensch, der aus Spandau entsprungen ist, ist hier."

„Brandstätter?"

„Nicht der — ein Anderer."

„Um Gotteswillen!"

„Er sieht elend genug aus; aber er hat doch so etwas Vornehmes."

„Er ist es, nannte er seinen Namen?"

„Nein, er sagte nur, er müsse die Frau Brunner sprechen, jetzt gleich. Sein Leben hänge davon ab, die Gensdarmen seien von allen Seiten hinter ihm her. Ich habe ihn unten in die Stube geführt."

„Er ist es. Meine arme Schwester! Der arme Mensch! Und der Vater ist noch nicht wieder da!"

„Er ist noch nicht zurück."

„Was fange ich an? Wer giebt mir einen Rath? Wer steht mir bei?"

Der Damm am schwarzen Moor.

Der Knappe Konrad und sein Gefährte Andreas
hatten bei ihrer verbrecherischen Arbeit nicht gesäumt.
In ehrlicher Arbeit ist der Mensch so gern und so
oft lässig, in der verbrecherischen nie. Sie wird ihm
nicht schwer, nicht sauer, er kann sie nicht schnell, nicht
eilig genug fördern.

Und sie fördert sich, wie das Unglück und das
Verbrechen immer.

Auch die Arbeit der beiden Verbrecher auf dem
Moordamme hatte sich gefördert, in Wind und Wetter, trotz Wind und Wetter.

„Verschnaufen wir einen Augenblick, Andreas,"
sagte der Knappe.

Sie ließen die Spaten ruhen. Die vorbereitende
Arbeit der Hacken war schon längst beendigt.

Der Knappe überschaute die Arbeit, die hinter ihnen
lag. Er war zufrieden.

Quer über die ganze Breite des Dammes war der
Boden durch die Hacken aufgewühlt; in einer Länge
von beinahe neun, in einer Breite von drei Fuß.
Nur nach der Seite des Moores hin war einen starken Fuß breit die Krone unversehrt gelassen.

In dem aufgewühlten Boden hatten die Verbrecher

gegraben. Die Erde hatten sie mit dem Grabscheit zu beiden Seiten hinausgeworfen und hatten so in jener Breite von drei Fuß eine Rinne gebildet, die eben so tief war. Sie glich einem Graben.

Bis zur Mitte des Dammes war dieser Graben fertig.

„Drei Viertel der Arbeit ist gethan," sagte der Knappe Konrad. „In einer kleinen halben, schon in einer starken Viertelstunde können wir mit dem Reste fertig sein. Wir haben nur noch diese vier Fuß lang weiter zu graben und die Erde auszuwerfen, dann ist der Graben fertig. Dann dort am Wasser die Krone durchstochen! Nur einen halben Fuß tief! Das Wasser reicht beinahe bis oben an den Rand. Hui, wie wird das hereinstürzen! Auf den ersten Spatenstich. Wie wird es den Graben aufreißen! Den ganzen Damm auseinander, in zwei Theile! Wie wird es dann weiter stürzen! Nichts in der Welt hält es mehr. In einer Minute ist es an der Mühle, in drei Minuten schüttelt es sie. Der Grund wankt, die Mauern schlagen an einander, sinken zusammen; Dach und Decken stürzen darüber nieder. Alles, was drinnen, Alles, was darunter ist, wird begraben, kommt elendig unter den Trümmern, in dem wilden Wasser um. Wer will sein Leben retten können? Ha, das hochmüthige Gesindel, dem ich nicht gut genug war! — Vorwärts, Bursch; in einer Viertelstunde muß es geschehen sein. Das Herz brennt mir im Leibe. Voran! Voran!"

Er hatte wild den Spaten ergriffen.

„Zu allen Teufeln!" fluchte er auf einmal wilder, „zu allen Teufeln, wäre denn doch Alles vergebens? Was ist das wieder?"

Man hörte durch das Brausen des Windes und das Rauschen des Wassers einen nahenden Schritt, den Schritt eines einzelnen Menschen. Er war schon oben auf dem Damme; aber sehen konnte man in dem dichten Schnee noch nichts.

„Er kommt näher," sagte der Knappe zu seinem Gefährten; „er wird hierher kommen. Wer es sein mag? Aber sei es, wer will, uns bleibt jetzt nur eins übrig. Er muß in das Wasser, in das Moor, unter die Weiden, Andreas, und so, wie er nahe genug ist, mit den Hacken auf ihn losgeschlagen, nach dem Kopfe! Hast Du Deine Hacke?"

„Ich habe sie."

„Aufgepaßt also!"

Sie hatten Beide die Grabscheite fortgelegt, und die Hacken in die Hand genommen und hielten sie schlagfertig. Jetzt auch der Eine. Das Verbrechen hatte begonnen. So verbargen sie sich in den Weiden, hinter denen unmittelbar sie arbeiteten.

Der Schritt auf dem Damme kam näher. Ein langer Mensch, mehr nicht, war durch den dichten Schnee zu unterscheiden. Er ging langsam, wie vorsichtig und prüfend, nach allen Seiten schien er sich umzusehen. Er kam den beiden verborgenen Ver-

brechern näher und hätte ihren, sie seixen Athem hören müssen, wenn Stille um sie her geherrscht hätte.

Sie lagen zum Angriffe bereit.

Er konnte, trotz jener Vorsicht, die Gefahr, die
ihm drohte, nicht ahnen.

Noch einen Schritt, und er trat aus den Weiden
heraus, und er sah den Graben, der schon mehr als
zur Hälfte fertig war, er war aber auch im Bereiche
der Hacken der Verbrecher und es war um ihn geschehen.

Er blieb stehen und sah sich noch einmal nach
allen Seiten umher. Dann kehrte er langsam zurück.

Warum er gerade nur soweit gegangen war? Wer
konnte, außer ihm, es wissen? Aber das Werk der
beiden Verbrecher war zum zweiten Male gerettet.
Schlechte Werke gelingen so oft besser, als gute.

„Gehen wir ihm nach?“ flüsterte der Knappe seinem Gefährten zu.

„Bei Leibe nicht; ich kenne ihn.“

„Du? Wer ist es?“

„Der Brandstätter. Ich habe mit ihm im Zuchthause gesessen.“

„Zum Teufel, das ist nicht mit Geld zu be-
zahlen!“

„Das meine ich auch.“

„Er hat hier nichts gesehen. Aber wie wir ihn
hier gesehen haben, so ist er auch von anderen Leuten
auf dem Wege gesehen, wer braucht ihm da noch

lange zu beweisen, daß er hier die Sache angerichtet
hat? Er ist schon fort; mag er in Ruhe gehen. Aber
nun desto rascher an's Werk."

Sie wurden noch einmal unterbrochen.

Ein schneller Schritt flog von der Mühle her in
die Heide hinein; ein zweiter eilte hinter ihm her.
Beider folgte der Galopp eines Pferdes.

Aber die beiden Verbrecher blieben unberührt und
unbemerkt und sie arbeiteten bald emsig weiter.

„Wenn es auch der Brandstätter ist, dem sie da
nachsetzen," sagte Andreas, sie bekommen ihn nicht,
der ist mit allen Hunden gehetzt; die Heide ist groß
und die Nacht dunkel."

In einer Viertelstunde mußten sie mit ihrer Arbeit
fertig sein.

7.

Ein entwichener Gefangener.

„Laß ihn hereinkommen, Charlotte, sagte die ältere
Schwester, ich bin gefaßt. Ach das ist ein schwerer
Abend!"

Sie mußte dennoch immer von Neuem nach Fas-
sung ringen. Was Alles stürmte heute auf die arme
Frau ein, die so Vieles, so Schweres gelitten hatte

und noch litt. Aber sie konnte, wenn auch nur müh-
sam, ihre edle Gestalt aufrecht halten, ihrem feinen
Gesichte den Ausdruck der Ruhe geben, und auch den
Sturm zur Ruhe bringen, der immer und immer in
ihrem Innern wieder hoch emporschlagen wollte.

Sie hatte einen klaren, festen, sicheren Entschluß
gefaßt.

„Auch er kann mich nur vergeblich bitten, ich darf
ihm nicht verzeihen. Es wäre ein Verbrechen meiner-
seits, das ich zu dem seinigen hinzufügte.“

„Aber sei nicht hart gegen ihn,“ bat die jüngere
Schwester, er ist doch jetzt ein armer Mensch.“

„Das ist er, und gerade darum nehme ich die
schwere Last auf mich, ihn zu sprechen. Er soll noch
so lange, traurige Jahre in dem Kerker zubringen —
ich will ihm sagen, warum ich ihn nicht davon erlö-
sen darf. — Ich will ihm Trost in seinen schweren
Leiden mitgeben, wenn er dessen würdig, wenn er ein
Anderer geworden ist. Und hätte er sonst zu mir kommen können? Geh’, führe ihn her.“

Charlotte ging und nach wenigen Minuten zurück-
kehrend, ließ sie einen Mann in die Stube treten.
Sie selbst blieb draußen.

„O Herr im Himmel, gieb mir Kraft!“ hatte unmittelbar vorher, mit gefalteten Händen, die arme
Frau zum Himmel hinaufgerufen.

Sie mußte sich dennoch fast krampfhaft an einer
Stuhllehne halten, als der Mann eintrat.

Auch er bebte.

Es war eine hohe Gestalt; aber der Rücken war gekrümmt, schon jetzt, nach den wenigen Jahren der Kerkerhaft! Das schöne und edel geformte Gesicht war eingefallen und von einer tiefen Bläffe überzogen. Es war nicht blos die Bläffe der Gefängniß= luft; die Gesundheit des Mannes war angegriffen, schwer angegriffen.

Das war der ehemals, noch vor wenigen Jahren so schöne, kräftige, gewandte Rittmeister Fritz von Bilau.

Und der stolze Freiherr?

Er konnte das Auge nicht erheben, als er in das einfache Stübchen, zu der Tochter des Müllers trat. Dennoch mußte er sie ansehen, sie — die bleiche Trauer= gestalt der unglücklichen Frau, die durch ihn so end= los unglücklich geworden war.

„Luise!" sagte er leise.

Sie zuckte zusammen bei dem Tone seiner Stimme, bei dem Namen auf seinen Lippen. Welche Erinne= rungen, süße und wehe, welche Wunden, mußten in ihrem Herzen aufbrechen!

„Luise! — Darf ich Sie noch bei diesem Namen nennen?"

Sie sah schweigend vor sich nieder.

„Ich darf es? Sie haben mich ja auch nicht zu= rückgewiesen. Sie wollten mich anhören. O, möch= ten Sie auch meine Bitte erhören."

Sie blickte auf und sah ihn strenge an.

„Ihre Mutter war schon hier," sagte sie.

„Meine Mutter?"

„Heute, vor wenigen Stunden. Und wenn Sie dieselbe Bitte an mich richten wollen, die Ihre Mutter hatte — ich mußte sie ihr abschlagen, ich muß sie auch Ihnen verweigern."

„Sie war für mich gekommen?"

„Für Sie. Sie stellte das Verlangen an mich, den König um Ihre Begnadigung zu bitten."

„Sie schlugen es ihr ab?"

„Man bot mir Geld."

„Großer Gott!" —

„Was konnte sie mir anders bieten?"

„Luise — Nein, sie konnte Ihnen nichts Anderes bieten. Aber ich, ich kann mit der einen Bitte eine zweite verbinden."

„Nein, nein!" rief sie abwehrend.

„Luise, seit einigen Wochen ist Ihre Hand wieder frei. Ich erfuhr es. Es duldete mich nicht ferner in meinem Kerker, ich mußte zu Ihnen, ich mußte von Angesicht zu Angesicht vor Ihnen stehen. Nur so konnte ich hoffen, Ihre Verzeihung zu gewinnen, und nur so konnte ich wagen, Ihnen diejenige Genugthuung anzubieten, die allein Ihrer würdig, die allein im Stande ist, mir die Ruhe und den Frieden meines Lebens wiederzugeben. Luise, reichen Sie mir Ihre Hand, werden Sie meine Gattin."

Sie war ruhig geblieben.

„Herr Baron," sagte sie, „ich sah diesen Antrag von Ihrer Seite voraus, Sie konnten mit keinem andern vor mich treten; Ihre Mutter hatte ihn mir sogar schon gemacht. Ich schlug ihr dennoch ihre Bitte ab. Ihr war er der Preis für das Leben ihres Sohnes. Ich will nicht untersuchen, ob er Ihnen nicht zugleich eine Handlung der Großmuth ist — ich habe immer nur eine Antwort darauf, ich kann nie die Ihrige werden."

Der Baron senkte das Haupt.

„Ich habe die Antwort verdient; ich hätte sie vorhersehen können," sprach er.

Aber dann erhob er sich doch.

„Luise," sagte er, gleichfalls ruhig, aber in tiefer Trauer, „nein, nicht mehr Luise, ich darf den Namen nicht wieder aussprechen. Aber noch wenige Worte an Sie bin ich mir schuldig. Madame, es war nicht der Preis für mein Leben, den ich Ihnen anbot; es war kein Akt der Großmuth, den ich ausüben wollte, meine Worte kamen aus meinem Herzen. Ich hatte ein schweres, entsetzliches Verbrechen gegen Sie begangen, roh, übermüthig, gemein; ich war damals nicht anders. Schon eine Stunde nach meiner That war ich nicht mehr der vorige Mensch, ein wilder, furchtbarer Schmerz hatte mich gefaßt. Es war nicht die Angst über mein Verbrechen; Ihr Bild, nur Ihr Bild stand vor mir, Ihre Thränen, Ihr Unglück,

Ihr Elend. Und ich konnte nichts wieder gut machen; es war unmöglich, Sie waren das Weib eines Anderen. Sie konnten mich nur verachten, verabscheuen. Ich hatte Sie früher geliebt. In dem wilden Leben der Residenz hatte jedes bessere Gefühl zurücktreten müssen. Jetzt war mein ganzes Leben von der Liebe wieder erfaßt. Jetzt, da ich Ihrer unwürdig war, da ich Sie für immer verloren hatte. Ich war unglücklich. Ich war unglücklicher als Sie. Ich entfloh. Ich konnte nicht vor mir selber entfliehen. Ich fand eine Genugthuung, eine Aufrichtung darin, mich meinem Richter zu stellen, mein Urtheil zu empfangen. Es war hart, ich fand es nicht zu hart. Ich trat meine Strafe an. Ich war vernichtet, innerlich, äußerlich, ich wollte nur sterben. Mir selbst den Tod zu geben, ich hatte nicht mehr den Muth dazu, und — Ihr Andenken, Ihr Bild hielt mich zurück, das immer und immer vor mir stand, das ich täglich tausendmal um Verzeihung bat, das mir nicht verzeihen wollte, und von dem ich nicht scheiden konnte, ohne das Wort Verzeihung gehört zu haben. So habe ich beinahe vier schreckliche Jahre gelebt. Da vernahm ich den Tod Ihres Mannes. Eine Schranke war gefallen. Die Liebe schlug mächtiger in mir und belebender. Ich konnte, ich wollte wieder leben. Ich bin hierher geeilt, die Hoffnung, den Muth des Lebens haben Sie mir genommen. Sie konnten sie mir nicht wiedergeben, und ich kann und darf ohne Sie nicht leben. Ich kehre in mein Gefängniß zurück. Hoffentlich nur für kurze Zeit, meine Tage werden jetzt gezählt sein! Aber geben Sie mir für diese kurze

Zeit, für die Ruhe und den Frieden meiner letzten Stunde ein Wort mit, sprechen Sie das Wort Verzeihung aus."

Er war doch wieder bewegt, sehr bewegt geworden. Er sah sie bittend, liebend an. Er liebte sie. Sein Blick, der Ton seiner Stimme, sein ganzes Wesen zeigte es.

Und sie? Hatte nicht ihr Schluchzen auf die Frage der stolzen Baronin: „Luise, Sie lieben ihn noch —" die unzweideutigste Antwort gegeben, wie sehr sie liebe?

Seine Worte hatten sie tief ergriffen und erschüttert. Dennoch gewann sie ihre Ruhe und Klarheit wieder.

„Herr Baron," sagte sie, „ich glaube jedes Ihrer Worte; darum bin ich auch Ihnen eine Erklärung schuldig. Es war nicht Eigensinn, nicht Trotz, wenn ich die Hand ausschlug, die Sie mir anboten. Aber Sie haben diese einer Beschimpften angeboten, einer durch Sie und für immer Beschimpften. Nicht Ihre Hand, nicht Ihr Name, nicht Ihr Adel, nichts kann diesen Schimpf von mir nehmen, und mit ihm kann ich nie wieder in die Welt zurücktreten. Das ist der Grund meiner Weigerung."

Auch der Mann vor ihr war wieder ruhiger geworden.

„Ich unterwerfe mich diesem Grunde," sagte er. „Ich könnte Ihnen Manches darauf erwidern; ich könnte Ihnen ein entferntes Land, in einem andern Welttheile vorschlagen. Aber ich will durch nichts Aeußerliches auf Ihren Entschluß einwirken; er darf nur ein freier sein."

„Ich ehre das," erwiderte sie, „und kann um so klarer und reiner aus meinem Herzen das andere Wort aussprechen, um das Sie mich baten. Ich verzeihe Ihnen, Herr Baron, ich verzeihe Ihnen aus dem Grunde meines Herzens. Und —" Sie war wieder bewegt, und weich geworden, und in dem bewegten, weichen und liebenden Herzen war auf einmal ein fester, großer Entschluß gereift.

„Und," fuhr sie fort, „ich werde noch in der heutigen Nacht dem Monarchen mein Begnadigungsgesuch für Sie einreichen.',

„Luise!" rief der erbleichende, der erbebende Mann.

Er hatte den Namen nicht mehr aussprechen wollen.

Der Blässe folgte eine glühende Röthe.

„Und das andere Wort, Luise?" rief er, „das erste?"

Sie schüttelte den Kopf und sagte: „nein!"

Da deckte wieder Todesblässe sein Gesicht, er drohte in einander zu sinken.

„So lassen Sie auch jenes. Ich kehre in mein Gefängniß zurück und will darin sterben. Ohne Sie kann ich nicht leben."

„Fritz!" rief sie.

„Luise!" rief auch er, noch einmal hoffend.

Er sah nur in ein von Schmerz zerrissenes Gesicht.

„Ich kann nicht," preßten die bleichen Lippen hervor, „ich bin eine Beschimpfte. Du, Du hast mich beschimpft, für immer."

Er schwankte zu der Stube hinaus.

Die arme Frau sank zum zweiten Male erschöpft
auf ihren Stuhl. Ihre Kraft war gebrochen; ein
Strom von Thränen stürzte aus ihren Augen.

„Fritz, Fritz!" rief sie dann, und sie streckte beide
Arme nach der Thür aus, durch die der Geliebte gegangen war.

„Es ist nicht möglich! ich konnte nicht!" sagte sie
wieder und sie bedeckte mit beiden Händen das weinende
Gesicht.

Aber dann mußte sie aufspringen, in namenloser
Angst, in wilder Verzweiflung.

„Auch ich kann nicht mehr leben. Auch ich nicht
ohne ihn. Ja, ich liebe ihn, ich habe immer nur ihn
geliebt. Ich liebe ihn über Alles, über mein Leben.
Ich muß, ich muß sterben. O komm, o komm, Tod.
O, erlöse mich!"

Ihre Schwester kam zu ihr.

„Arme, arme Schwester, wie schwer leidest Du!"

Die beiden Schwestern weinten wieder mit einander.

Plötzlich wurden sie wieder durch ein Ereigniß von
außen aus ihrem Schmerze aufgeschreckt."

„Horch, was ist das? Welch ein Brausen? Der
Sturm wüthet ärger; das ist eine schreckliche Nacht."

„Das ist kein Sturm, Luise."

„Was sollte es anders sein?"

„Das ist — das ist der Tod."

„O, wäre er es! Wäre es der Erlöser!"

8

Eine Ueberraschung.

„Halt!" sagte der Knappe Conrad zu seinem Gefährten und Helfershelfer Andreas, „der Graben ist
fertig. Nur der Rand muß noch durchstochen werden.
Zwei Spatenstiche! Jeder von uns thut Einen; aber
zu gleicher Zeit muß es geschehen, in demselben Augenblicke, wenn ich Drei rufe. Denn bei dem ersten
Stich wälzt sich das Wasser in den Graben und reißt
zu beiden Seiten den Damm weg. In der Secunde
müssen wir dann schon zurückgesprungen sein, wenn
es uns nicht mit sich in die Tiefe reißen soll. Hast
Du verstanden, Andreas?"

„Ich habe verstanden."

„Voran denn! — Doch halt noch einmal! Tragen wir zuerst unsere Hacken auf die Seite. Hier
hätten wir keine Zeit mehr, nach ihnen zu greifen.
Und zurücklassen dürfen wir sie nicht; sie könnten uns
verrathen. Wir gehen dort rechts in die Heide hinein;
also dahin."

Sie nahmen ihre Hacken auf, trugen sie ungefähr
zwanzig Schritte weiter den Damm hinauf und legten sie
dort nieder.

„Schade ist doch eins," sagte der Knappe unterwegs, „der Alte ist noch immer nicht zurück; er ent-
geht der Gefahr. Aber wir dürfen nicht länger warten; der Teufel könnte sein Spiel haben. Die Andern
sind uns desto sicherer. Diese hochmüthige Dirne, der
ich nicht gut genug war. Dieser glatte Bursch mit

dem milchbärtigen Gesicht, den sie dem rothhaarigen Burschen vorzog! Ah, sie sollen an die rothen Haare denken! Wenn ich es ihnen in ihrer Todesangst nur zurufen könnte, daß ich es bin, der das über sie geschickt hat! Der rothhaarige Bursch schickt es Euch! Jetzt umarmt Euch! Jetzt tanzt zusammen, zum letzten Male, auf den Wellen, in die Mühlräder, in den Tod! Aber sehen muß ich es. Wenn man nur in dem verdammten Wetter besser sehen könnte! Hören werde ich sie wenigstens. In der Angst des Todes werden sie selbst diesen Sturm überschreien, nach Hülfe, die ihnen kein Mensch bringen kann, kein Mensch, wenn das Wasser einmal los ist — auch der Alte nicht, wenn er gerade zurückkäme. Ach, käme er doch! Gerade in dem Momente, wenn es losgeht! daß er sähe, wie sie vor seinen Augen zu Grunde gehen, und er könnte ihnen nicht helfen! — Die andere Schwester ist noch da. Was geht sie mich an? Sie seufzt und jammert ja doch nur den ganzen Tag."

Sie waren wieder an der Stelle angelangt, von der sie ausgegangen waren. Der Knappe besah noch einmal Alles genau.

Die beiden Verbrecher hatten den Graben vollendet. Er durchschnitt die ganze Breite des Dammes, selbst drei Fuß breit und eben so tief. Durch ihn allein konnte schon in kurzer Zeit eine ungeheure Wassermasse stürzen und mit zerstörender Gewalt gegen die Mühle stürmen. Aber das Wasser, einmal in dem wilden, gewaltsamen Sturze, mußte die aufgetrocknete Erde mit sich fortreißen und stürzen, und im

Nu den Graben tiefer und breiter wühlen, den Damm
weit auseinander reißen, eine weite, gähnende Schlucht
bilden, durch welche die ungeheuersten Wassermassen
mit unaufhaltsamer, Alles zerstörender und vernich-
tender Gewalt dahin stürzten. Nur ein schmaler
Rand von der Breite eines halben Fußes hielt das
wilde, von dem Sturm gepeitschte, an die Krone des
Dammes schäumend heranschlagende, wüthende Ele-
ment noch zurück. Mit einem Spatenstich von jedem
der Verbrecher war der schmale Rand durchstochen."

„Aufgepaßt!" sagte der Knappe Konrad zu seinem
Kameraden; „setze Deinen Spaten ein. Wenn ich
drei zähle, stichst Du los."

„Eins!" zählte dann der Knappe. — „Zwei! —
Drei!"

Die beiden Stiche waren geschehen, der Rand des
Dammes war durchstochen, die Wuth des Wassers
fand keinen Widerstand mehr. — Die beiden Verbrecher sprangen zur Seite. Hinter ihnen stürmte das Wasser.

Sie sprangen bis zu ihren Hacken.

„Machen wir hier Halt! Ich muß wissen, was
weiter wird. Hier sind wir sicher."

Das Wasser war entfesselt; es hatte den Graben
schon weiter gerissen und machte ihn mit jeder Sekunde
noch weiter. Es stürzte mit seiner wilden Wuth durch
den geöffneten Damm! seine Wuth wurde mit jedem
Schritte wilder; seine Masse wuchs, seine Heftigkeit
vermehrte sich. Der Damm zitterte, bis zu der Stelle,
an der die Verbrecher standen und des Ausgangs
harrten. Das Brausen übertönte den heulenden
Sturm.

Man hatte nur noch das Brausen gehört. Nach einer Minute schon vernahm man auch Anderes.

Dreißig Schritte unterhalb des Dammes lagen die Mühlengebäude, zuerst das Wohnhaus, dann die Mühle. Sie lagen in der engen, schmalen Schlucht; zwischen ihnen und dem Damm befand sich der Mühlenteich.

Die stürmenden Fluthen hatten in der Minute das Haus erreicht. Sie schlugen gegen die Fundamente, gegen die Mauern. Man hörte die dumpfen, dröhnenden Schläge; man glaubte das Erzittern des Hauses zu hören.

„Jetzt sind sie verloren," sagte der Knappe Konrad. „Wir wollen nur noch eine Minute warten, dann hören wir ihr Schreien."

Sein Gefährte mußte sich doch schütteln.

„Das ist der Tod!" hatte auch Charlotte, das fröhliche, frische Mädchen gerufen, aber leichenblaß, zum Tode erschreckt.

„O, wäre es der Erlöser!" hatte die unglückliche, in den Tod gebrochene ältere Schwester gesagt.

Aber das Mädchen wollte leben, mit ihrem jungen, frischen Leben, mit ihrem Muthe, mit ihrer Liebe.

„Retten wir uns, Schwester. Das Moor hat den Damm durchbrochen."

„Rette Du Dich, Kind."

„Komm, komm, Luise. Um des Himmelswillen!"

Sie wollte die Schwester emporreißen. Eine neue

Angst hatte sie ergriffen.

„Der Vater! Stephan!"

Sie eilte an die Thür und riß sie auf.

„Vater! Stephan!" rief sie hinaus. Sie erhielt keine Antwort.

Sie rief noch einmal. Noch einmal vergeblich.

„Sie sind da unten schon todt!"

Sie stürzte die Treppe hinunter.

„Vater! Stephan!"

Niemand antwortete ihr.

Nur wildes Brausen des Wassers umgab sie. Die Fluth schlug an die Wände des Hauses.

Sie riß die Thür der Wohnstube auf. Die Stube war leer; nur eine Lampe brannte darin. In ihrem Scheine sah man, wie der Schaum der Fluthen schon bis an die Fenster hinan spritzte. Die Stube lag nach dem Damme hin.

Sie flog zurück; der Boden bebte unter ihren Füßen.

„Vater! Stephan!" rief sie noch einmal in Todes= angst.

Eine Stimme antwortete ihr.

„Fliehe, fliehe, Charlotte, ich folge Euch!"

Es war Stephan's Stimme. Sie kam seitwärts aus der Mühle, von den Mühlenschützen her.

Er hatte im ersten Momente wohl die Schütze aufziehen wollen, um dem eindringenden Wasser Ab= fluß zu verschaffen, denn er hatte die Gefahr noch nicht erkannt und noch nicht ermessen.

„Wo ist der Vater?" rief das Mädchen ihm zu.

„Er ist draußen, außer Gefahr; rettet Ihr Euch nur."

„Nicht ohne Dich, Stephan!"

„Ich folge Euch. Ich komme im Augenblick."

Sie stürzte die Treppe wieder hinauf, in das Stübchen der Schwester.

Die Frau saß auf ihrem Stuhle, wie eine Träumende.

„Luise, was machst Du da?"

„Ich will hier sterben, Kind. — Aber Du bist noch da?" fuhr sie auf einmal auf; Du hast Dich nicht gerettet? Die Anderen auch nicht? Komm, komm!"

Sie ergriff die Hand des Mädchens, riß sie mit sich aus der Stube, die Treppe hinunter. Sie wollte mit ihr zum Hause hinaus stürzen. Oder wollte sie nur das Kind hinausbringen und selber zurückbleiben, um unter dem, dann gleich zusammenschlagenden Hause begraben zu werden?

Zum Retten da unten war es zu spät.

Nur Eine Minute war verflossen, seitdem das Mädchen von unten wieder nach oben geeilt war. Die eine Minute war entscheidend gewesen.

Die mit rasender Schnelligkeit heranwachsenden Fluthen hatten die unteren Fenster des Hauses erreicht. Die schwachen Glasscheiben waren zerstoßen. Die Wogen wälzten sich widerstandslos in das Haus, in die Stube, in die Kammern, durch die wild eingerissenen Thüren in den Flur.

Als die Schwestern die letzten Stufen der Treppe betreten wollten, drang die Fluth ihnen an die Füße heran. Sie konnten nicht weiter. Das Wasser stand da unten schon zwei Fuß hoch. Nein, es stand nicht, es schoß an ihnen vorbei; es riß mit sich fort, was in seinem Wege war. In der Wohnstube war es dunkel, Tisch und Lampe mußten längst umgeworfen sein.

„Wir müssen zurück," sagte die ältere Schwester.

„Stephan, Stephan!" rief das Mädchen.

Sie erhielt wieder keine Antwort.

„Er ist todt! Ich muß zu ihm!"

„Bist Du wahnsinnig, Charlotte? Du gehst in den Tod."

„Ich will mit ihm sterben."

Die Frau riß sie gewaltsam in die Höhe, die Treppe hinauf.

„Er wird sich gerettet haben, mit dem Vater."

„Ohne uns? Nein, nein, er ist todt. Ich will mit ihm sterben!"

Die Frau wollte ihr antworten, sie konnte es nicht.

„Großer Gott!" rief sie auf einmal, „der Schlüssel! Er ist unten. Wir sind verloren!"

Sie hatte mit der Schwester zu der Thür gewollt, die aus dem oberen Stock über die kleine hölzerne Brücke ins Freie und auf die Höhe führte. Sie waren dort gerettet. Die Thür lag zu Ende des Flurs, in den die Treppe mündete, zehn Schritte weit von der Treppe. Aber sie war verschlossen und der Schlüssel hing unten in der Wohnstube des Vaters. Das fiel auf einmal der Frau ein.

„Wir sind verloren!" rief sie.

Sie waren verloren, nach aller menschlichen Berechnung. Der einzige Ausgang, der sie hier oben retten konnte, er lag keine zehn Schritt von ihnen, aber er war versperrt. Nach unten zurückkehren — sie wären nur um so schneller dem Tode entgegengeeilt. Das Wasser unten stieg von Minute zu Minute. Es mußte schon die Hälfte der Treppe erreicht haben.

„Sind wir denn verloren? Auch Du armes Kind? Nein, nein! Du mußt gerettet werden. Ich werde Dich retten. Hilf mir. Dein Stephan lebt; er arbeitet an unserer Hülfe. Wir würden seine Stimme hören, wenn dieses Heulen des Sturmes und dieses Toben des Wassers einen anderen Laut gegen sich aufkommen ließe. Aber horch, rief da nicht Jemand draußen? War das nicht seine Stimme? Er ruft uns, er ruft Dir zu.“

Hatte sie wirklich eine Stimme gehört? oder bildete sie es sich ein? oder wollte sie es dem Kinde einreden, um ihm Muth und Hoffnung zu geben?

Sie eilte zu der Thür; das Mädchen folgte ihr.

Sie faßte nach dem Schlosse, freilich wie nach dem Strohhalme des Ertrinkenden. Die Thür war bei Nacht immer fest verschlossen und der Vater hatte den Schlüssel unten in der Stube. So war es auch jetzt, und sie hatte es gewußt.

„Wir müssen die Thür einschlagen, einstoßen.“

Sie suchten nach einem Instrumente, fanden aber nichts, keine Axt, kein Beil, keine Zange, nicht einmal einen Hammer.

„Laß uns die Stühle nehmen, vielleicht stoßen wir sie damit ein. Aber eilig, eilig, das Haus wankt schon!“

Die Gefahr war schon eine noch größere, und die treue Schwester erkannte sie; sie wollte nur den Muth des Kindes aufrecht halten. Das Haus schwankte und bebte nicht blos; unten stürzten schon einzelne Mauer=stücke ein, man hörte das Brechen und Krachen der Steine durch Sturm und Wassergebraus.

Sie ergriffen die Stühle. Zum zweiten Male hatten sie nach einem Strohhalme gegriffen. Die Mühle lag allein, ihre Eingänge mußten so viel als möglich gegen äußeren Einbruch geschützt werden, daher war die Thür von starkem, festem Eichenholz, mit breiten Nägeln beschlagen. Sie stießen dennoch dagegen, mit aller ihrer schwachen Kraft. Die Stühle zersplitterten in ihren Händen, die Thür stand un=versehrt.

„Wir sind doch verloren!“

„Und auch Stephan kommt nicht.“

„Nein, Du armes Kind, es ist keine Rettung mehr.“

Sie waren von der Thür zurückgetreten — es war ja keine Rettung mehr für sie — und gingen in ihr Stübchen.

„Laß uns zusammen sterben, Schwester Luise.“

„Wir müssen, mein Kind. Auch Du.“

Sie setzten sich dicht zusammen und umfaßten Eine die Andere.

„So wollen wir den Tod erwarten, Arm in Arm.“

„Kannst Du ihm entgegensehen, Du junges, blü=hendes Leben?

„Ja, Schwester, er bringt mich zu Stephan.“

„Und zu unserer guten Mutter.“

„Aber den armen Vater müssen wir zurücklassen.“

„O, auch er wird uns bald folgen. Was ist er hier allein, ohne uns, ohne alle seine Lieben? Dann sind wir da oben alle zusammen, und kein Leid und kein Jammer drückt uns mehr."

Sie konnten nicht weiter sprechen. Ein furchtbarer Krach durchtönte von unten das Haus. Eine ganze Mauer mußte eingestürzt sein, der Boden unter ihnen wankte, die Decke über ihnen erbebte.

„Der letzte Augenblick! Laß uns zu Gott beten, daß er es gnädig mit uns mache."

Sie falteten die Hände, jede die ihrigen in die der Anderen. Ihre Arme hielten sich fester umschlungen, ihre Herzen ruheten dicht aneinander.

So beteten sie still zu Gott um gnädige Erlösung, um baldige Vereinigung mit den Lieben, von denen sie getrennt waren.

Der Sturm heulte draußen, das Wasser tobte unter ihnen.

In dem Stübchen war es still; in ihren Herzen war es ruhig.

Sie beteten still fort.

Draußen stürzte die Mühle zusammen. Sie war weniger fest gebaut, als das Wohnhaus; aber sie hatte diesem Halt gegeben.

Nun mußte es an das Wohnhaus kommen.

Die Decke erbebte heftiger, die Mauern drohten dem Einsturz.

Noch einmal krachte es laut durch das ganze Haus.

„Jetzt! Bist Du bereit, Charlotte?"

„Ich bin es."

„O, wie klein, wie elend ist dieses Leben! Lege Deine Lippen an die meinigen, mein Kind. So laß uns hinübergehen. So! Jetzt!"

Es krachte zum dritten Male, neben ihnen, dicht neben ihnen.

Aber eine menschliche Stimme wurde laut.

„Stephan!" schrie das Mädchen laut auf. „Stephan! Stephan! Er kommt, uns zu retten; er ist draußen an der Thür. Es war die Thür, welche krachte. Er stößt sie ein. Sie weicht, sie fällt!"

Sie war aufgesprungen.

In dem frischen, jugendlichen Herzen geht doch nichts über das Leben und die Liebe.

Sie war an die Thür geeilt, in den Gang vor der Thür.

Die Thür, die zu der Brücke, dem Garten in's Freie führte, war zertrümmert, sie stürzte ein.

Stephan stand darin.

„Du bist gerettet, Charlotte."

Sie sank sprachlos in seine Arme.

„Wo ist die Schwester?" rief er.

Sie hatte die Frage nicht mehr gehört; ohnmächtig lag sie in seinen Armen, ihre Kraft war gebrochen. Wie hätte es anders sein können?

„Fort!" rief er. „In einer Minute ist es zu spät!"

„Und —

„Fort!" rief hinter ihm eine andere Stimme.

Ein hoher, blasser Mann drängte ihn zur Seite, flog an ihm vorüber, eilte in das Stübchen.

Der Baron Bilau und der Knappe Stephan hat=

ten sich in den schrecklichen Momenten der Gefahr braußen gefunden, den einzigen Weg der Rettung der unglücklichen Schwestern erkannt, und Einer dem Andern beigestanden, ihn zu bahnen. Sie hatten ihr Ziel erreicht.

Beide?

„Luise," sagte der blasse Mann zu der bleichen Frau, „sterben wir hier zusammen? Oder verlassen wir Hand in Hand, wie jenes glückliche Paar diesen Ort des Schreckens? Oder willst Du allein leben? mich hier zurücklassen? Entscheide! Ich unterwerfe mich in Allem Deinem Willen."

In dem armen menschlichen Herzen geht nie und nimmer etwas über die Liebe und das Leben.

Sie reichte ihm die Hand.

„Führe mich hinaus, Fritz."

„Mein Weib?"

„Dein Weib."

Sie verließen Hand in Hand, die Stube, den Gang, das Haus.

Die schwache Frau, die so lange und so viel und so schwer, so furchtbar schwer gelitten hatte, war doch stärker, als das frische Kind, dessen Leben nur Glück und Liebe gewesen war.

Sie hatten die Brücke überschritten. Jenseits der Brücke waren sie gerettet, alle Vier.

Eine Minute später stürzte das Haus ein und die Fluthen begruben seine Trümmer.

———

Als des Durchstechens des Dammes schuldig, war
jener Brandstätter eingezogen, der den nämlichen
Damm vor vielen Jahren schon einmal durchstochen
hatte. Er war fast unmittelbar vor dem Durchbruch
des Wassers in der Nähe der That gesehen worden.
Seine Ausrede, nur Neugierde habe ihn hingeführt;
er habe den Ort seines früheren Verbrechens sich ein=
mal wieder ansehen wollen, wurde eben für eine leere
Ausrede gehalten. Dagegen glaubte man, eine neue
Rache für die erlittene zwanzigjährige Haft ihm zu=
trauen zu müssen.

Seine Unschuld wurde dennoch erkannt.

Der Gefährte und Gehülfe des Knappen Konrad,
hatte zwar wohl Diebstähle ohne sonderliche Beschwerde
auf sein Gewissen nehmen können, bei dem Anblick
der einstürzenden Mühlengebäude aber, bei dem Ge=
danken, daß mindestens drei Menschenleben mit zu
Grunde gehen müßten, bei dem Jubel des neben ihm
stehenden rothhaarigen Burschen über den dreifachen
Mord, hatte ihn ein Schauder, ein Entsetzen ergriffen,
daß er nicht wieder verwinden konnte. Als er dann
hörte, daß zwar die drei Menschenleben gerettet seien,
daß aber ein Anderer, Unschuldiger die Strafe des
furchtbaren Verbrechens erleiden solle, da hatte ihn
nichts mehr zurückhalten können, sich und den Knap=
pen als die Thäter den Gerichten anzuzeigen.

Er wurde zu funfzehnjähriger, der Knappe zu le=
benslänglicher Zuchthausstrafe verurtheilt.

Der Baron Bilau wurde begnadigt.

Seine stolze Mutter mußte dann noch einmal, förmlich und feierlich, um die Hand der Müllerstoch= ter für ihren Sohn werben.

Am Tage der Trauung konnte sie mit dem alten Müller Leuthold die Braut zum Altare führen.

Erst ein Jahr später wurde die immer frisch blü= hende Charlotte mit ihrem Knappen Stephan ge= traut.

Früher war die Mühle nicht fertig geworden, die der Vater an Stelle der zerstörten ihnen neu aufbauen ließ.

Auch hatte das Mädchen gesagt: Zwei Schwestern dürfen nicht in dem nämlichen Jahre heirathen. Es soll nicht gut thun.

Etwas abergläubisch war sie. —

Der Baron Bilau verzog mit seiner jungen Frau nicht in einen fernten Welttheil. In der Welt giebt sich Vieles, und wo das junge, schöne, liebenswürdige, durch Leiden und durch Buße veredelte und gesühnte Paar erschien, da wurden sie mit Liebe und Vereh= rung aufgenommen.

www.ingramcontent.com/pod-product-compliance
Lightning Source LLC
Chambersburg PA
CBHW020804020726
47495CB00008B/2579